ON ETS, ANASTÀSIA?

Capital Books
8

Capital Books
c. Muntaner, 200, àtic 8a • 08036 Barcelona
T. 93 363 08 23
info@capitalbooks.cat
www.capitalbooks.cat

Disseny gràfic: J. Mauricio Restrepo

Primera edició: novembre del 2017
ISBN: 978-84-946777-3-1
DL B 24456-2017
Imprès a Romanyà Valls, SA

ON ETS, ANASTÀSIA?

MARTA MAGRINYÀ

Capital Books

Al Lluís

1

Feia dies que ho sabia. Tenia l'estómac tancat i deambulava amb un ganivet clavat a l'esquena que gairebé no el deixava respirar. S'havia anat mentalitzant i només li quedava fer esclatar la situació. S'estalviaria mentides, negacions aïrades i discussions inútils. El seu matrimoni estava acabat des de molt abans, però era un sentimental i mai no li hauria fet a la seva esposa una canallada com aquella. Havien començat a sortir junts als divuit anys, massa obstinats i antagònics per créixer equilibradament com a parella, però les promeses es compleixen, sobretot, quan les coses van malament. Encara que haguessin seguit evolucionant en direccions molt diferents i ja no compartissin cap objectiu, s'havia aferrat a aquell primer amor per por que rendir-se una vegada signifiqués fer-ho la resta de la seva vida. Només tenia trenta-un anys però, en aquells moments, se sentia com un vell que ja estava de tornada de tot.

Va obrir la porta del seu pis llogat del barri Gòtic sense pressa. Era un edifici encarat a mar amb una olor d'antic que l'ajudava a sentir-se arrelat encara que no es tractés de la seva ciutat. Per una vegada, aquell caprici de falsa bohèmia de la Blanca coincidia amb els seus gustos. S'havia escapat de la feina a quarts de cinc per arribar a l'hora que calculava que els enxamparia en plena activitat. Havia descobert que el galant de la seva dona era un alt funcionari de la Generalitat que plegava a les tres i, per tant, es trobaven a la tarda mentre ell –el cornut ja oficial– treballava fins al vespre.

Primer, els amants van quedar petrificats com si haguessin vist un fantasma. Poc després, el servidor públic va saltar de llit i, immediatament, es va cobrir els genitals amb un dels coixins. La Blanca encara no s'havia tret el jersei i només es va tapar la part inferior del cos amb el nòrdic de l'Ikea. Ho feu en un acte reflex, perquè sobrava tant de pudor davant el seu propi marit i mentre fornicava amb un altre. Tots dos estaven tan ridículs que al Marc li haurien fet gràcia si no hagués estat una situació humiliant i terriblement dolorosa per a ell a dos dies de Nadal. El seu rival, un individu escanyolit d'uns quaranta anys i també casat, tremolava com una fulla enganxat a la paret repintada dotzenes de vegades.

–Tranquil, home, no et pegaré. Tu no em vas jurar fidelitat –evidencià amb mig somrís.

S'imaginava l'efecte que devia provocar-li al funcionari el seu cos atlètic de metre noranta, els ulls negres de tafur i la típica barba de dos dies que portava sempre. Tenia un cabell fosc i espès, molt llis, que sempre duia contingut per tones de gomina i bastant llarg de darrere. Quan aixecava les celles, una d'elles partida per una cicatriu d'un accident en moto, venien ganes de sortir corrent. Però, malgrat el seu aspecte dur i intimidatori, solia ser una persona molt pacífica. Va sentir la necessitat de fer-li una confidència a aquell individu astorat, ja que els dos adúlters continuaven allí parats sense dir ni una paraula.

–No estic enfadat, fa temps que ho sé –va ironitzar, i li va demanar excuses per no seguir les normes socials–. No em prenguis per un mal educat. Et convidaria a fer el te de les cinc però no tinc pastes.

Va recollir els pantalons de marca que hi havia a terra, just davant seu, i els va llançar a la cara del seu propietari pel plaer de veure'l espantar-se un altre cop. A ella ni la mirava, el que més li dolia era que es tractés del seu propi llit.

–Ja no està de moda anar a un hotel? És per la crisi? –preguntà amb sarcasme mentre l'home es posava els pantalons amb dificultat pel nerviosisme. Tenia una expressió desencaixada digna de llàstima i el Marc li dedicà una nova ironia–. Me'n faig càrrec, aquests polítics encara et deuen mitja paga de Nadal.

La Blanca va reaccionar per fi, a la defensiva, com era d'esperar. Era capaç de girar les tornes de manera que el culpable acabés sent ell.

–Ho veus? És impassible i cínic! –exclamà adreçant-se al funcionari. Evitava enfrontar-se amb els ulls del seu marit, convençuda que no hi veuria ni un gram de debilitat, tan sols una calma absoluta fruit de l'orgull.

El Marc la va mirar per primera vegada, i amb estupefacció. Dotze anys junts i no podia mostrar humilitat o penediment ni llavors. Tot el contrari, va seguir atacant-lo en comptes de demanar perdó, encara que fos per cortesia.

–L'hi rebufa tot. Sempre es conforma amb qualsevol cosa –constatà, parlant-li novament a través del seu amant. No perdia oportunitat de repartir greuges; estava a punt de treure'l de polleguera.

–Si no em conformés amb qualsevol cosa no estaria amb tu, reina.

Ell també havia furgat on feia més mal.

–Emprenya't, Marc, per l'amor de déu! –cridà ella fora de si.

–Tornaré a les nou a buscar la meva roba. No siguis aquí, deixa'm mitja hora.

No li donaria cap satisfacció ni tampoc lluitaria pel pis de Reus. A la seva dona li encantava alimentar els conflictes perquè vivia en tensió permanent, insatisfeta per naturalesa. Res no era suficient, mai.

Va observar un darrer instant aquell personatge que havia rematat el seu matrimoni, ferit de gravetat des de feia temps.

Seguia encolat a la paret, ara amb pantalons, com un mer espectador d'una guerra aliena, conscient que dins l'habitació no eren tres, perquè ell no hi pintava res. Ni tan sols era el tipus d'home que agradava a la Blanca, només l'instrument d'una venjança. Tanmateix, presenciar una traïció no és exactament igual que imaginar-la.

Mentre baixava les escales ràpidament –havia de tornar a la feina–, li picaven els ulls i es va aturar al vestíbul de l'entrada. Necessitava un minut, i confiava que ningú no el veiés ensorrar-se. No s'ho mereixia.

2

Diuen que dormir sempre de dia, en absència d'obscuritat ambiental, provoca que l'organisme pateixi més oxidació i envelleixi més ràpidament, i que alhora afecta el sistema immunològic. A algunes persones els canvia el metabolisme i tendeixen a guanyar o perdre pes. A la Nina Romeu li havia transformat el caràcter i, com tots els insomnes, patia alteracions de l'humor fruit de l'esgotament. Sempre es presentava exhausta al seu torn de nit perquè no podia dormir ni tres hores seguides. Malgrat això, es negava a medicar-se per poder aclucar els ulls l'estona suficient i no morir-se de son. Pretenia superar-ho sense fàrmacs i obviava el fet que ja tampoc no podia descansar quan lliurava o estava de vacances. El trastorn temporal provocat pel canvi d'horaris i l'estrès s'havia cronificat, i com que no tenia cap mal físic que ho pogués justificar, devia tractar-se d'una qüestió psicològica. Però no volia deixar la feina ni agafar una baixa laboral, perquè era la mena de persona que no es queixava mai. Si més no, era la manera com li agradava veure's a si mateixa, i no volia perdre una de les poques certeses que li quedaven mentre se sentia cada vegada més invisible, com si es confongués amb el paisatge. Havia començat a treballar a la Vall d'Hebron amb una visió idealitzada de la infermeria i, tres anys més tard, d'aquell entusiasme inicial ja no en conservava res. Últimament, arribava sempre tard perquè endarreria l'entrada a l'hospital mentre buscava les forces per afrontar una nova jornada atenent convalescents que es queixaven, estossegaven o tenien el ventre fluix.

Va passar davant el control d'infermeria de la seva unitat tan de pressa com li permetien les cames. Tanmateix, no es va estalviar un comentari recurrent:

–Deu minuts de retard, Nina –li va recriminar la infermera plantada en aquell punt estratègic. No havia apartat la mirada dels papers que fullejava, però el seu to havia estat demolidor, i afegí–: Recorda pagar els deu euros de la Thermomix!

–Després te'ls dono, perdona –es disculpà.

Va treure l'uniforme net que portava a la seva enorme bossa tipus *shopping* i es va vestir al lavabo mentre remugava per dins. Abans no li importava contribuir als regals de tots els que es casaven o tenien una criatura malgrat que es tractés de gent amb la qual gairebé ni parlava. Tanmateix, havia arribat a la conclusió que aquella dinàmica consistent a canviar el diner de butxaca recíprocament, ja que s'anaven fent obsequis els uns als altres, resultava abusiva en el seu cas. Ella no pensava celebrar res i, per tant, la inversió feta a compte sempre era a fons perdut.

«M'estic convertint en una egoista amargada?», es va preguntar mentalment davant el mirall abans de sortir uniformada del lavabo.

Era conscient que ja només dedicava la seva minsa energia a sobreviure, i la molestava qualsevol cosa, per petita que fos, que la distragués d'aquesta activitat principal. També havia descuidat el físic i el mirall acabava d'enviar-li una enèsima advertència: estava perdent l'avantatge de la naturalesa. Els seus ulls color violeta, raríssims, cada dia estaven més apagats. El seu cabell negre curt i ondulat, que no s'havia retocat des de feia tres mesos, semblava un arbust sense podar, i l'absència d'hidratació i maquillatge deixava via lliure a les ratlles d'expressió i les ulleres. Només tenia trenta-quatre anys, seguia sent guapa, però aquell aspecte fatigat havia passat a ser permanent. Ho havia fiat tot a la bona genètica, però la sort abandona, progressivament, els indolents.

Per ella, la Vall d'Hebron era un petit planeta –habitat de forma alternada per set mil treballadors, cinc mil pacients diaris i amb més d'un miler de llits– que tenia les seves pròpies lleis espaciotemporals i podia convertir un minut en qualsevol lapse de temps segons la relativitat de cadascú. De vegades, un minut podia semblar una setmana. Hi havia moments que li costava mantenir-se dempeus mentre els objectes anaven retrocedint submergits en aquella llum blavosa i notava que ella mateixa també desapareixia. Llavors, corria a llançar-se aigua a la cara per espavilar-se i no cometre cap error irreparable.

Era la nit del 23 de desembre. Algunes companyes i auxiliars lluïen gorrets de Pare Noel o barretines per animar els pacients que havien de passar aquells dies ingressats i per provar d'alleujar la tristesa dels terminals, una actitud admirable que encara li venia de gust per les notes vermelles, que trasmudaven la monotonia lletosa, però li feien certa ràbia els arbres de Nadal, els pessebrets, les postals i els elements nadalencs que hi havia arreu. Tot i que li encantava cuinar, tampoc no tenia ganes de preparar, l'endemà, el pastís de peix i marisc que seria la seva aportació al simulacre de sopar de Nadal del seu grup d'infermeres, que farien a l'hospital.

A les nou tocades va entrar en una de les habitacions que tenia assignades per supervisar el goter del pacient. Es tractava d'un ancià de noranta-tres anys que havia ingressat d'urgència i que la Nina ja coneixia, perquè abans ja havia patit un parell de crisis cardíaques. El llit del seu costat estava buit perquè la persona que l'ocupava, un altre nonagenari, havia expirat el mateix matí. La negra mort havia escollit aquella cambra i el senyor Armengol ho sabia. Amb el cor molt debilitat, també tenia les hores comptades i ja no sortiria de l'hospital.

–Quina sort que tinc. Ja ha arribat la Liz Taylor. –La va saludar amb gentilesa a pesar de la veu enronquida. Era un personatge llargarut de faccions també punxegudes i un aire distingit a l'estil dels anys vint.

–Com ha anat el sopar, senyor Armengol?

La dona havia aconseguit somriure en agraïment a la seva cortesia, malgrat que cada cop li costava més estirar els músculs de la cara per dibuixar una rialla. Les dosificava escrupolosament com a part del seu pla d'estalvi, però no podia ser gasiva davant una comparació tan generosa. La primera vegada que li havia tocat atendre'l, el Carles Armengol ja li havia dit que li recordava la seva actriu predilecta per aquells ulls blau intens amb taques vermelloses que semblaven de color violeta.

–El sopar, boníssim, com sempre, senyora Taylor –va bromejar el vell recuperant la veu de seductor com a darrera voluntat. No estava endormiscat a pesar del seu estat tan fràgil, com si intentés subjectar-se a la vida.

–El dia de Nadal hi haurà galets –va anunciar ella per mitigar el dramatisme real del moment.

–Jo no arribaré ni a demà.

Havia emès una sentència colpidora i ella va anar directa al goter per acabar com més aviat millor.

–No digui bestieses, senyor Armengol –el va amonestar sense poder mirar-lo als ulls mentre despenjava la bossa de sèrum buida i se la ficava a la butxaca de la bata per no haver-la de carregar.

Es tractava del prototip d'home culte i de maneres impecables que no perdia la coqueteria ni a les portes de l'extinció, un final que encarava en absoluta solitud perquè no li quedava ningú que el pogués acompanyar. Però, quan la infermera li va tocar l'espatlla un instant de forma quasi inconscient, aquell cavaller d'altres temps va aprofitar per encerclar-li el braç amb una violència inusitada. La seva mà cadavèrica, plena de taques fosques de senectut, la va retenir per imperatiu del destí.

–M'hauria de fer un favor –li va suplicar.

Les circumstàncies havien dut el senyor Armengol a l'hospital sense tenir temps de fer una cosa crucial per a ell, i una seqüència de fets molt menys transcendents havia situat la Nina en aquell escenari.

3

–M'hauria de fer un favor.

Aquella frase havia agafat la Nina desprevinguda. Estava acostumada que alguns pacients terminals patissin brots de desesperació en els darrers moments, mentre que d'altres semblaven conformats i marxaven dolçament. Però mai ningú no li havia fet una petició tan solemne. No va dir res per no animar-lo, com si no l'hagués sentit.

–Vaig a buscar una bossa de sèrum nova –va informar per sortir del pas mentre intentava, sense èxit, alliberar-se–. Vagi amb compte o li marxarà l'agulla.

–Sisplau –va pronunciar ell agafant-la encara més fort.

Estava massa cansada per discutir o forcejar.

–Quin favor? –va preguntar de manera rutinària. Li seguiria el joc com solia fer amb tothom encara que la seva ment i el seu cos es trobessin en un altre lloc.

–Vagi a casa meva i porti'm unes fotografies i uns papers.

El senyor Armengol havia perdut les bones maneres, i ella, la seva malmesa paciència.

–Deixi'm el braç, sisplau. Estic treballant.

–Porti'm els papers.

La Nina va canviar d'estratègia. S'havia tornat eminentment pràctica.

–No pateixi, hi aniré quan acabi el meu torn.

–Ha de ser ara.

–Ara no puc.

–No ho pot saber ningú, s'han de destruir.

Quan havia caigut desmaiat en ple carrer i l'havien pres en ambulància, s'havia adonat del seu error imperdonable. Havia estat incaut i egoista en conservar-ho tot mig segle desatenent les ordres del seu pare i rebria el càstig del remordiment etern. No havia previst que li arribés l'hora suprema per la porta de darrere, però aquella excusa, als noranta-tres anys, faria riure a l'hora de passar comptes.

La infermera havia patit una fiblada diminuta de curiositat i volia que el vell li tornés el braç.

–Què és el que no es pot saber?

El senyor Armengol va quedar en suspens. Estava reunit amb si mateix valorant les dues alternatives tràgiques que li quedaven: l'infern de la culpa per la seva temeritat o confiar en aquella jove descoratjadora que sempre es comportava com un robot d'assistència ben programat però sense ànima. Potser no tindria cap més oportunitat, i ella era la seva única esperança.

–Agafi una fotografia que hi ha al meu abric.

La infermera es va alegrar per dins. Si fingia acceptar, recuperaria la seva extremitat sense haver de malgastar uns quants quilovats.

–D'acord.

Ell la va mirar fixament sense creure-se-la.

–Si vol que agafi la fotografia, m'haurà de deixar el braç –va evidenciar la Nina.

Un cop lliure, es va apartar del llit, afligida pel que havia llegit dins els ulls de l'ancià. Ella mateixa tampoc no es refiaria d'algú com ella. Va fer un parell de passes en direcció a la porta, passant de llarg l'armari. Tanmateix, es va aturar, emparada per les lleis que regien la Vall d'Hebron, on un simple segon podia durar tant com es volgués. Va sortir del seu cos una vegada més, però en aquella ocasió va ser per mirar-se en comptes de flotar com un globus d'heli per l'habitació.

No li va agradar gens el que va veure.

4

Va remenar l'abric fins que en una butxaca interior amb el folre descosit deliberadament va trobar una bosseta. Dins la bossa de plàstic només hi havia una còpia de la fotografia, perquè el senyor Armengol havia salvaguardat l'original amb zel. La Nina va somriure amb el pensament; havia recordat la seva àvia de forma automàtica. El pacient devia tenir la mateixa mania d'embolicar fotografies, cartes i retalls del passat, com si volgués protegir-los, paradoxalment, de l'oblit. Ella enyorava els pares i l'àvia cada instant del dia, fins al punt que, de vegades, temia que aquell forat li fes rebentar el pit.

–Tingui.

–La Nastàs i un servidor –va explicar l'home mentre agafava la fotocòpia, que havia enganxat sobre un cartró perquè tingués més consistència i poder dur-la sempre amb ell. La va aixecar amb determinació a pesar d'estar intubat i tremolar–. Miri-la bé!

La infermera va contemplar aquella fotografia en blanc i negre per segona vegada, però sense evitar fixar-se encara més en les mans del vell. La seva fatiga involuntària i la falta d'habilitat li resultaven molt familiars.

–Som ella i jo –va insistir, amb els ulls il·luminats per la nostàlgia.

–Ja ho veig, que és vostè –va manifestar per fer-lo content. Aquell vailet d'uns deu anys tenia la seva mirada esmolada i les mateixes faccions–. I aquesta senyora tan maca, era la seva mare?

–La meva segona mare –va sostenir ple d'orgull.

–Una dona molt elegant.

El vell s'havia convertit en el nen petit i ja estava en mans d'aquella infermera, per a bé o per a mal. Si no li explicava la veritat, ella no podria comprendre la magnitud de la comesa que li havia de delegar.

–N'ha sentit a parlar, de l'Anastàsia Romanova? Sap qui és?

–Una ballarina russa? –va preguntar en primera instància. S'havia tornat lenta i sempre tenia el cap espès–. Ah! Es refereix a la que van matar? La filla del tsar?

Havia vist la pel·lícula de Walt Disney als catorze anys, i durant una dècada havia estat fascinada per la seva protagonista i per totes les heroïnes dels contes. Però la realitat s'havia imposat sense ni rastre de misericòrdia i havia esborrat cada dibuix animat i cada història amb final feliç que s'havia empassat.

–Al meu pare li va fer llàstima tan desvalguda, i un home vidu no pot criar un fill petit tot sol, ni en aquell temps ni ara –va afirmar abaixant els ulls amb incomoditat. La compassió que havia sentit pel seu pare semblava torbar-lo molt, com si, juntament amb aquella dona d'aspecte trist, haguessin format un estrany triangle de dependència mútua–. Els veïns el criticaven pel fet de deixar-me en mans d'una estrangera muda mentre passava quinze hores treballant a les drassanes.

La Nina havia escoltat el seu melangiós relat intentant no perdre la concentració. No semblava desvariar ni tampoc gens desorientat, ben al contrari, tenia la lucidesa dels moribunds.

–M'està dient que el seu pare es va casar amb l'Anastàsia? –va deduir, amb una vaga sensació de *déjà vu* després d'haver escoltat mil batalletes de pacients sense prestar-hi mai atenció. Li era indiferent si eren imaginàries o reals.

–No, no... –va negar el vell lleugerament irritat, perquè la seva interlocutora no semblava comprendre res–. No s'hi va poder casar mai, no podia ser.

Va tornar a alçar la fotocòpia per plantar-la davant la cara de la infermera i va seguir remugant amb el seu últim alè.

–Sempre vam fer veure que era la nostra minyona, no havíem de cridar l'atenció.

Ella va observar el rostre de la dona amb deteniment per no contrariar-lo, ja que havia deixat de ser el *gentleman* desusat per convertir-se en un vell amb pressa conscient de la imminència del desenllaç. Ja respirava amb enorme dificultat i el seu mecanisme es podia parar en qualsevol moment, necessitava cada segon.

–Calmi's –li va pregar la Nina–. L'escolto, no pateixi.

Va estirar la cadira de les visites i la va situar al costat del llit. Tenia el deure moral de recollir el seu testament fingint que tot allò tenia algun sentit perquè l'ancià pogués descansar en pau. Tothom es mereixia una mica de respecte durant el darrer minut, i podia sentir en carn pròpia aquella solitud colpidora. Sempre ho evitava, es protegia dels desnonats i els apenats, no tenia espatlles per carregar-se un altre pes. Tanmateix, per Nadal no podia negar-se a acompanyar-lo en el darrer moment.

–Ens vam fer dues fotografies el mateix dia. En una estem tots tres junts i en aquesta només la Nastàs i jo. Cremi-les les dues, jo ja no hi sóc a temps! Cremi també aquesta fotocòpia!

–Les dues fotos originals les té a casa seva?

–A la calaixera de la meva habitació, al fons dels calaixos. També hi ha una carta que li va donar la seva mare, la tsarina Alexandra.

–Dues fotografies i una carta que la tsarina va donar a la seva filla Anastàsia... –va recapitular la infermera per aparentar que li seguia el fil amb interès.

–És una carta adreçada al rei d'Anglaterra, que era el seu cosí germà.

–És clar, per al rei –va remarcar amb una actitud cerimoniosa.

–També hi ha dos fulls escrits pel meu pare després que la Nastàs morís que recullen les poques coses que ella li havia explicat. No tenen valor però cremi'ls també.

–Ho faré.

–Jo era el seu estimat *shvíbzik* i no vaig poder, no vaig poder... –va confessar amb impotència, i va començar a plorar. Tampoc el seu pare, el Delfí Armengol, no havia estat capaç d'esborrar el darrer rastre de la gran duquessa, però ell se sentia doblement responsable perquè ja no quedava ningú més darrere seu.

–Qui pot destruir els seus millors records? –va preguntar la Nina en veu alta per exculpar-lo. Ella tampoc no hauria trobat el valor per desfer-se d'objectes amb tant de valor sentimental ni per un jurament sagrat, i aquell vell fracassat, que només tenia el consol dels seus fantasmes, en allò s'assemblava massa a ella.

–Ningú no ho pot saber, era el seu secret –va implorar novament.

–D'acord, d'acord...–anava repetint la Nina per acompanyar-lo durant el descens.

Es va posar dreta i li va agafar la mà, perquè ell ja començava a caure lentament. Havia presenciat la mort de la seva mare en un hospital com aquell: era com lliscar per un pendent i, quan més desitjaves marxar amb la persona que estimaves, tu et quedaves. Després, havia estudiat infermeria per ajudar a qui pogués en aquell calvari, però no n'havia sabut. Havia perdut la humanitat i mai no trobava les paraules adequades ni li restava un gram d'esperit per regalar mentre esperava l'adveniment del seu propi pendent.

–Mai no ens va importar –va declarar el vell finalment, com si allò fos el seu llegat. La lliçó més rellevant que havia après durant gairebé un segle de vida.

–Què no els va importar mai? –li va preguntar la noia amb un nus a la gola.

–Que fos la gran duquessa Anastàsia o una simple immigrant russa –va respondre amb vehemència–. Només comptava com era.

–I com era? –li va demanar mirant-lo als ulls i estrenyent amb emoció la seva mà ossuda quasi fins a trencar-la.

L'home ja no va respondre, i la Nina li va fer una promesa a cau d'orella abans que morís:

–Cremaré les fotografies i tots els papers que trobi, vagi tranquil.

Va repetir fluixet la mateixa frase unes quantes vegades i no es va moure de l'habitació fins que va arribar el metge de guàrdia per oficialitzar la defunció.

Vagi tranquil.

5

Va abordar la seva supervisora en sortir de la cambra del finat. Van coincidir al passadís quan la Nina tot just sortia a buscar-la i la va llicenciar immediatament. Era una infermera de mitjana edat exigent però justa que en sabia molt d'organitzat i dirigir, ningú no en tenia cap queixa llevat d'un parell de veteranes ressentides que qüestionaven cadascuna de les seves decisions.

–Ves-te'n a casa si et trobes malament –li va aconsellar amb preocupació–. Fas mala cara... ja fa dies.

–Només necessito sortir una estona perquè em toqui l'aire. Tornaré quan em passi el mareig.

–Ni parlar-ne, queda't a casa i descansa. No pateixis que ja et cobrirà algú, la nit es presenta tranq...

Havia estat a punt de dir una paraula prohibida i va somriure lleument, malgrat que tenia una arruga al mig del front. Estava convençuda que la feina d'infermera no era per a la Nina Romeu i que acabaria plegant. Algunes persones es mimetitzen en contacte amb els malalts, porten sempre l'hospital a dins.

La supervisora va seguir el seu camí i la noia va baixar als vestuaris per dutxar-se. Després de posar-se la roba de carrer que portava dins la bossa tipus *shopper* i guardar-s'hi l'uniforme en comptes de fer-ho a la guixeta, es va tancar dins un dels lavabos. Es va estar una estona asseguda sobre la tapa de la tassa amb l'enorme bossa als genolls. Ja no sabia caminar amb sabates, i sempre portava calçat esportiu de color blanc que li servís per a tot. Tampoc ja no suportava dur rellotge ni arracades i, malgrat que se'ls posava cada dia per principis, solia treure's aquells destorbs al cap de mitja hora i deixar-los a qualsevol lloc. L'únic que portava sempre era la medalleta d'or amb les seves dades, una mena d'amulet que li havien regalat els avis materns per la primera comunió.

Va agafar aire mentre rellegia una cita de Jonathan Swift que algú havia escrit amb retolador permanent a la part interna de la porta. «Els millors metges del món són el doctor dieta, el doctor repòs i el doctor alegria.»

«Zero de tres», va pensar amb ironia.

No menjava bé, no dormia prou i no recordava la darrera vegada que havia estat alegre. Però era 23 de desembre i trobaria la voluntat per complir una promesa absurda, el seu regal per a un pobre vell que s'havia hagut de conformar amb la noia desdibuixada –ja pràcticament evaporada– que s'havia tornat al·lèrgica a les causes nobles perdudes.

Va treure la còpia de la fotografia i el seu mòbil per passar l'estona mentre descansava una mica més. Sentia curiositat per saber si aquella dona s'assemblava a la famosa Anastàsia Romanova. De seguida en va trobar diverses fotografies a la Viquipèdia i altres fonts, i en va escollir una de mig cos on s'apreciava perfectament cada detall del seu rostre. Va posar la pantalla del Samsung i la còpia costat per costat. Malgrat la diferència d'edat, eren idèntiques. A la fotografia oficial, la duquessa era una adolescent de faccions dolces i aire taciturn, molt del gust de l'època, amb una llarga cabellera. Les perles i la roba distingida, aquell posat d'altesa imperial, la feien semblar una dama, però era poc més que una nena. La dona de la fotocòpia devia tenir uns trenta anys i portava roba senzilla. L'aflicció li havia modelat el rostre, però a pesar d'allò les dues cares continuaven sent iguals.

Les rialles de dues companyes la van tornar de cop a la realitat. Havien entrat als lavabos xerrant animadament mentre la Nina seguia embadalida comparant les dues imatges. Es va quedar ben quieta per no haver de dir res ni saludar, amb una mica de sort ni s'adonarien que estava fortificada al seu amagatall habitual. Fulminat el moment inicial d'autosuggestió, fruit del seu estat de debilitat mental i de les paraules corprenedores del senyor Armengol, es va adonar que les persones de les fotografies d'aquells anys li semblaven totes una mica iguals. A les estampes antigues tothom hi tenia un poderós aire enigmàtic que travessava el paper i que podia arribar a hipnotitzar qualsevol romàntic, encara que fos tan redimit com ella.

Va tornar a la Viquipèdia mentre esperava que les dues infermeres sortissin dels lavabos i va fer una lectura en diagonal dels principals fets de la vida de la gran duquessa Anastàsia Nikolaevna Romanova, la quarta i darrera de les filles del tsar Nicolau II i la tsarina Alexandra Fiodorovna. En sabia algunes coses que semblaven certes, però la majoria estaven basades en especulacions i llegendes sorgides a partir de l'afusellament de tota la família Romanov a la regió dels Urals per part de la policia secreta bolxevic l'any 1918, després de la Revolució Russa, en circumstàncies prou confuses per accionar l'imaginari col·lectiu. La magnitud d'aquest fet històric colpidor va generar tota mena de versions al voltant de la possibilitat –plausible a causa de la desaparició de dos cadàvers del soterrani de la casa d'Ekaterinburg on es produí l'execució– que Anastàsia hagués sobreviscut a la matança. Proves científiques posteriors fetes a les restes trobades a la fossa on havien enterrat els cossos havien demostrat que pertanyien a cinc membres de la família reial, però faltaven les d'un infant i les d'una noia adolescent que podria ser Anastàsia o la seva germana Maria, per l'escassa diferència d'edat entre elles. Com molta gent, la Nina havia sentit fascinació pels nombrosos misteris que envoltaven els

Romanov, sobretot per la petita de les quatre germanes, que havia acaparat tot el protagonisme perquè diverses dones havien intentat suplantar la seva identitat durant els anys següents al magnicidi, cosa que havia creat encara més expectació. La més famosa havia estat Anna Anderson, en la qual s'havia inspirat la pel·lícula protagonitzada per Ingrid Bergman i Yul Brynner. Cinema, articles, novel·les, documentals, investigacions... aquella infortunada noia de disset anys s'havia convertit en un personatge mític, i la història de la darrera família reial russa, en una mena de drama modern ple de paral·lelismes amb les millors epopeies gregues, amb el colofó d'una presumpta resurrecció.

6

El seu nom complet era Agustina, com el de la seva àvia, però li havien dit Nina des de petita. A la seva germana gran li havien posat Cristina en honor de l'avi Cristià i l'anomenaven Tina; per tant, el diminutiu de Nina obeïa a la necessitat de diferenciar les dues germanes. Les coses eren simples i sempre tenien solució per als seus pares, el paradigma de l'amor conjugal i la claredat de pensament.

Anastàsia en rus significa «resurrecció», i a la seva quarta filla els tsars li havien posat aquell nom per un grup d'estudiants considerats agitadors als quals el règim absolutista rus havia privat de llibertat perquè reivindicaven més drets socials, i que el dia del naixement de la gran duquessa havien estat amnistiats en el seu honor. Anastàsia era baixeta i sempre havia pujat una mica grassoneta, com la Nina, tenia els ulls blaus i el cabell vermellós. Ningú a palau no l'anomenava «altesa imperial», sinó que la cridaven pel seu nom i patronímic –inclús els servents– o pels diminutius Nàstia o Nastàs, igual que Nina era un apellatiu carinyós. Hi havia una certa semblança física entre totes dues, i moltes altres coincidències que havien fet que la infermera simpatitzés amb ella quasi immediatament.

Va sortir al carrer apesarada i carregant la seva bossa com si es tractés d'un sac. Havia decidit agafar un taxi, així podia plantar-se a Sant Just Desvern en deu minuts sense gaire desgast. Havia tornat a regirar l'abric del senyor Armengol i havia agafat les claus que duia en una altra butxaca, suposava que devien ser les de casa seva. Abans que arribés ningú més a l'habitació, també havia agafat la cartera de l'ancià un moment i havia memoritzat l'adreça que figurava al seu carnet d'identitat. Confiava que tot anés com esperava i enllestir aquell encàrrec sense cap ni peus com més aviat millor. A pesar de ser un gest innecessari –ell ja no sabria mai si havia acomplert la seva paraula– s'hi sentia obligada, encara que només fos perquè les dates de Nadal havien estat, durant molt de temps, la millor època de l'any. En feia sis que els seus pares ja no hi eren, i després la seva única germana, la Cristina, havia fugit a Estocolm, abandonant-la al capdavant de les parades centenàries de la Boqueria i els magatzems de Mercabarna. S'havia trencat un vincle molt fort entre elles, que la infermera havia cregut irrompible. Estava convidada a celebrar les festes a la bella ciutat bàltica, però havia optat per no compartir-les amb la desertora –que havia acabat aconseguint que arrendessin tots aquells negocis familiars– i el seu flamant marit suec. Passaria aquells dies un altre cop a la Vall d'Hebron, on encara podia ser d'utilitat. L'existència anterior de la Nina, senzilla i perfecta, treballant tots quatre per tradició a les parades heretades de la Boqueria, sempre units i serenament feliços, s'havia desintegrat i ja no la necessitava ningú. Només aquell vell, impremeditadament, li havia assignat un paper protagonista en el seu Nadal.

Quan el taxista la va deixar a l'adreça que li havia indicat, es va adonar que es trobava davant el famós edifici Walden. N'havia sentit a parlar però, després d'haver viscut sempre a dues passes, no l'havia vist mai de tan a prop. Va demanar al xofer que l'esperés i li va donar vint euros per endavant. No volia haver d'agafar el tram, que parava allí mateix, ni trobar un altre transport quan sortís, i si el conductor acabava marxant només s'arriscava a perdre vint euros. Tot just eren quarts de deu, però a aquella hora el trànsit de la zona metropolitana ja començava a retirar-se com un jugador de dòmino recollint les seves fitxes lentament. Tan bon punt va baixar del cotxe, va mirar enlaire i va tenir la sensació que les quatre torres vermelloses sostenien el cel de Sant Just. Semblaven les columnes d'una volta infinita enmig de la quietud de la nit. Les seves petjades ressonaven mentre buscava la manera d'entrar en aquella fortalesa tan poc convencional, construïda als anys setanta. Va esquivar preguntar-se per què preferia que no la recordés ningú d'aquell colós. Un cop dins, tot tenia un ordre aparentment desordenat i els múltiples passadissos es convertien en autèntics carrers on confluïen portes i finestres, talment fos un gran rusc d'abelles amb les cel·les comunicades tant de forma horitzontal com vertical a través de disset plantes. Li semblava un laberint hermètic concebut per protegir la comunitat dels intrusos. Aquell disseny comunal, tan utòpic com pretenia el seu arquitecte, Ricardo Bofill, embolcallava els seus habitants, però alhora ella, com a invasora, se'n sentia expulsada. Tenia lògica que el senyor Armengol visqués allí, un indret atemporal on podia formar part intrínseca d'una extensa família de mil persones i alhora passar completament desapercebut entre els patis, galeries, jardins i passarel·les que unien els grans blocs, una «Ciutat de l'Espai» que et feia sentir a resguard de la resta del món enmig una atmosfera gairebé líquida pel color blau de les rajoles. Va haver de donar infinitat de voltes i finalment interrogar una veïna que baixava la brossa amb la clàssica bata d'anar per casa per trobar l'apartament que buscava. A pesar d'això, li va agradar aquell indret sorprenent, que formava part d'una altra confabulació per extenuar-la. Semblava un disseny futurista concebut per desafiar les normes però, en realitat, era un retorn als orígens de la vida en un poble habitat pels anomenats waldenites.

El pis era molt petit i feia una olor peculiar de resclosit, segurament perquè l'enfustat estava molt deteriorat i els mobles, acumulats durant anys, estaven apilonats. Era evident que l'ancià tampoc no havia sabut com desempallegar-se d'aquelles andròmines sense valor. Ella havia deixat les claus ficades al pany interior de la porta, perquè no li feia cap gràcia ser en una casa aliena i desconeguda en plena nit i també perquè solia perdre-les. Segur que se les hauria deixat en algun lloc que després no recordaria, i s'havia acostumat a ser previsora.

7

El taxista va observar la Nina a través del retrovisor frontal. Havia entrat al vehicle donant un cop de porta i havia amagat el cap entre les cames, protegint-se amb els braços com si estigués a punt de patir una col·lisió. Estava a una passa del col·lapse i no podia cridar ni tampoc plorar perquè respirar li costava massa.

–Està bé, senyoreta? –va preguntar el conductor.

Va trigar uns segons a aixecar el cap. L'home ja havia girat tot el cos en direcció a ella, decidit a obtenir una resposta.

–Sí, sí... estic bé –va articular amb molta dificultat.

Tenia la cara mullada per una barreja de suor i flux nasal involuntari. Es va netejar amb les dues mans. La bossa li havia caigut a terra i, en un acte reflex, va dirigir els ulls enterbolits a la carpeta per comprovar que continuava als seus peus i no l'havia perduda amb els nervis i la correguda. Volia i no volia guaitar per la finestra del vehicle, saber si la seguien. Es preguntava si aquell individu que havia forçat la porta d'entrada del pis del senyor Armengol mentre ella era dins l'havia vista sortir al corredor per la finestra.

–Segur que està bé, senyoreta? –va insistir l'home veient l'expressió trasbalsada de la passatgera.

No era la primera vegada que portava al taxi una dona que fugia d'alguna cosa.

–Sí, no passa res.

Estava massa confosa i traumatitzada, superada pels esdeveniments, per prendre cap decisió; desitjava que aquell moment no fos real.

–On la porto?

–Al carrer Elisabets, si us plau.

Dins el vehicle tot tornava a semblar normal, però continuava amb el cor fora del pit perquè allò li estava passant de veritat. El cap ho sabia, i el cos, portat al límit per instint malgrat la seva debilitat aparent, també. Feia només cinc minuts, hauria jurat que el seu físic no era capaç de resistir una carrera com la que havia fet. Passadissos, escales i fins al carrer, com si dugués un plànol de l'edifici dibuixat al cervell. Tot havia passat en una mil·lèsima de segon i en una eternitat. Havia tingut temps de tot i de res. Era ella i una altra Nina alhora, una persona governada per impulsos que podia ser ràpida i pensar de pressa per salvar-se del perill imminent. La sospita –aquella remor dins el seu cervell mentre llegia la carta i els dos fulls– s'havia confirmat en el precís moment que un individu de dos metres havia trucat al timbre de la porta. Havia anat fins a l'espiell, tremolant però amb un valor inevitable, i havia vist l'estructura eslava del seu coll ample i curt, el cap enganxat quasi directament sobre les espatlles, els ulls clars i les faccions pronunciades. Coneixia prou ciutadans de l'est per saber que en tenia un al davant. Havia estat impròpia d'ella, aquella reacció instantània en comptes de quedar paralitzada. No hi trobava explicació i, malgrat tot, ho havia fet. Recuperar les claus penjades al pany, agafar d'una revolada les fotografies i els papers, ficar-los dins la carpeta on els guardava el senyor Armengol i escapar-se per la finestra que donava a l'espai veïnal. Un dels dos retrats li havia caigut a terra i no s'havia parat a recollir-lo, però havia pogut protegir la resta de material. Ja no hi havia marxa enrere, i mentre el vehicle lliscava pels carrers se sentia com si flotés. Curiosament, començava a relaxar-se. Va recolzar el cap al respatller del seient i va tancar els ulls per donar una treva a les artèries i els pulmons. Encara esperava despertar-se, però sabia que no ho faria. Distingir un moment tangible de la ficció era més fàcil del que s'havia imaginat: en recordava cada detall amb els sentits multiplicats i seguia en alerta per algun instint primari gairebé oblidat.

–Si necessita res, la puc acompanyar als Mossos –es va oferir el taxista mentre conduïa en direcció al centre, perquè era evident que la seva clienta estava molt espantada.

–No cal, gràcies.

En una primera composició de la situació, feta de manera subconscient, no semblava impossible que existís algú prou hàbil per haver trobat, un segle més tard, les pistes que el duguessin fins al veritable parador final de la gran duquessa. Però era pràcticament impossible que aquell individu o organització pogués relacionar el senyor Armengol amb ella. La seva intervenció era totalment casual, inversemblant i, sobretot, tan recent que ningú no podia saber que també volia aconseguir aquells papers. Qui s'imaginaria la peregrina possibilitat que el pacient hagués demanat a una infermera de la Vall d'Hebron que anés a casa seva? Inclús preveient aquest supòsit, com podrien saber que es tractava de la Nina Romeu? Si l'haguessin seguida des de l'hospital, no l'haurien deixada entrar al pis com si res i després trucat a la porta amablement. Si aquell estranger ho havia fet era per esperar que el vell obrís, si ignorava que ja reposava mort a l'hospital, o, més probablement, per assegurar-se que no hi havia ningú dins l'apartament abans de profanar-lo.

Tanmateix, un flaix de memòria sobtat va empitjorar encara més les coses per a ella.

–Merda, merda, merda! –va mormolar colèrica i prement els punys. Es va mossegar la llengua en serrar les dents amb una ràbia descomunal contra si mateixa–. Merda!

No volia que el conductor s'adonés del seu estat i tornés a

insistir a avisar els Mossos d'Esquadra. Va maldar per calmar-se una vegada més mentre s'empassava la sang barrejada amb saliva com una cicuta merescuda. Se li havia trencat la cadena del coll mentre buscava, ajupida, els papers ocults dins la carpeta que el vell havia col·locat verticalment darrere els calaixos de la còmoda. En comptes de guardar-se la cadena i la medalla dins la butxaca dels texans o la bossa, l'havia deixada sobre el moble, obsessionada només a descobrir-ne el misteriós contingut. Amb l'ensurt i la fuga extrema, havia oblidat recollir la joia, que duia gravat el seu nom complet, el seu grup sanguini i el número de telèfon del domicili dels seus pares, al Raval, on ella encara vivia.

La Nina Romeu havia consumit prou material literari i cinematogràfic per saber que no has d'utilitzar les targetes de crèdit, trucar des del teu mòbil ni anar-te'n a casa si existeix la possibilitat que et segueixi algú que és un expert a localitzar coses i té molts mitjans al seu abast. Estava atrapada i hauria d'acabar parlant amb la policia, però primer volia pensar, pensar, pensar. Li quedava la promesa de custodiar aquell material i necessitava guanyar una mica de temps per posar ordre en el seu caos intern sense posar en risc ningú innocent. No estava en condicions de prendre una decisió, i si havia après alguna cosa de les adversitats és que no es pot confiar en cap mena de justícia poètica universal.

–He canviat d'opinió. Sisplau, porti'm a la Sagrada Família –va demanar al taxista.

8

Havia decidit desaparèixer, almenys, unes quantes hores, i tenia una solució d'emergència. Només li quedaven uns quaranta euros en efectiu. Es va comprar una aigua en una botigueta de souvenirs de la rodalia del temple, perquè estava assedegada i necessitava prendre's un paracetamol dels que sempre duia al necesser. Li feien mal els braços i les cames i tenia milers de diminutes agulles clavades al front. Va seguir caminant, intentant barrejar-se amb la gent i amb els turistes que rondaven per la zona. Havia demanat al xofer que la deixés allí perquè era un lloc concorregut prou lluny i prou a prop alhora del número del carrer Còrsega on anava realment. No aguantaria un trajecte massa llarg. Es tractava de no fer cap moviment previsible, ni recórrer a amics o parents. En un altre temps li hauria costat molt afrontar allò sola, però, de manera oportuna, s'havia tornat analítica i autosuficient. Les coses més terribles ja li havien passat. No podia deixar de pensar en les analogies entre el destí de l'Anastàsia Romanova i el seu, perdre absolutament tot allò que estimaves i dedicar-te només al pur exercici de sobreviure. Quasi era una condemna, dia rere dia. Feia una nit freda, però s'hi sentia bé, pel carrer, confonent-se amb la resta de vianants, posseïdora d'un secret que podria revolucionar la història.

La Mercè Feliu havia estat la millor amiga de la seva mare des que estudiaven juntes al col·legi Montserrat. No havia tingut fills i, en quedar vídua feia vint anys, havia heretat la fortuna i les finques del seu difunt marit. La torre de la Bonanova era massa gran i li agradava més el bullici del centre, per tant, s'havia instal·lat en un dels pisos que tenia en propietat. En perdre també la seva amiga de l'ànima, havia començat a viatjar per tot el món buscant la manera de mitigar el dolor, com havia fet la Cristina Romeu en escapar-se a Suècia.

La Nina va esperar que entrés un veí perquè no tenia la clau de la porta del carrer, únicament la del pis. La duia sempre a la bossa per casualitat, perquè quan s'havia quedat el clauer de la seva mare hi anava inclosa la del pis de la Mercè. Ja només hi quedava un parell de cops a l'any per fer un cafè –sempre buscava alguna excusa per esquivar-la–, però la dona seguia trucant-li cada desembre per felicitar-li les festes. Aquella vegada li havia explicat que se n'anava a passar el Nadal a Dubai amb un grup de jubilats benestants com ella per fugir dels records.

La porteria de l'edifici estava buida i s'havia estalviat haver donar explicacions a algun porter eficient. També havia fingit agafar el mòbil per no haver de compartir ascensor amb el veí que li havia donat pas i havia decidit pujar per les escales. Un cop a la tercera planta, va recordar de seguida aquell pis decorat amb un gust carrincló capaç de combinar les figures de Lladró amb uns sofàs moderns entapissats de pell de tigre i una catifa turca de seda. Va trobar canviades algunes coses, però aquell estil es mantenia com un cop de puny a la cara. El menjador era just davant la porta d'entrada, que era on començava un llarg passadís. Després venia la cuina, un bany complet i tres habitacions més. La Mercè hauria pogut escollir un pis molt més gran i ostentós, però no era d'aquella mena de dones a pesar de venir de bona família i d'haver gaudit de posició i luxes des de petita. Tenia una humilitat natural que la feia entranyable.

No s'havia adonat que estava congelada. Després de deixar la bossa a la segona habitació, la dels convidats, va regular el termòstat perquè s'engeguessin els radiadors. Tenia gana però se li tancaven els ulls, i no li quedava esma per remenar la cuina buscant alguna cosa per menjar. Havia oblidat la carmanyola del sopar a la nevera de la sala d'infermeres després de la mort del senyor Armengol, l'inici d'aquella bogeria. Tampoc no li responia l'esperit per tornar a dutxar-se, que era la primera mesura que prenia en sortir de l'hospital. Tenia un munt d'uniformes i gairebé cada dia se'n posava un de net, perquè sempre es notava mala olor, però estava tan commocionada que per una vegada no li importava desatendre les seves obsessions, sobrevingudes com un efecte col·lateral més de l'aïllament. Va tancar la porta de casa amb clau i va anar directa al bany, on va vomitar com a conseqüència dels nervis que havia passat. Només va expulsar sucs gàstrics, perquè pràcticament no li quedava res a l'estómac des del dinar. Després, una mica més alleugerida, va apagar tots els llums per ficar-se dins el llit. Si aconseguia descansar un parell d'hores, després intentaria decidir què fer. Va llançar la jaqueta llarga de llana que duia d'abric i es va treure les pràctiques espardenyes blanques. La brusa de franel·la amb un estampat de quadres que havia escollit aquell dia estava renyida amb la moda, però li tenia un afecte residual, igual que adorava els seus texans amples, ja desfasats. Es va ficar dins el llit tapada de cap i tot mentre les punxades al front no cessaven. No havia mirat el mòbil ni el rellotge que duia a la bossa, però devien ser vora les onze. En canvi, sí que n'havia extret la carpeta amb molta cura i l'havia amagada sota el matalàs per si de cas. Comprometre's a destruir uns documents de fantasia era senzill. Tenint la sospita que eren reveladorament autèntics, costava infinitament més.

9

Estava rendida però, vint minuts més tard, la son encara no havia estat més forta que el neguit que la mantenia en guàrdia. Va sentir com una clau feia girar el pany de la porta de l'entrada i se li van engarrotar tots els músculs del cos. Algú va entrar al pis, va encendre el llum del passadís i va deixar les claus a la mateixa tauleta del rebedor on ella havia dipositat les seves. Presa del pànic, es va incorporar mentre prestava la màxima atenció als moviments de la persona que acabava d'entrar. Els sorolls indicaven que havia deixat alguna cosa a terra –potser una maleta– i s'havia quedat al menjador en comptes de recórrer el pis per escorcollar-lo. Va deduir que no es tractava d'algú que anava darrere d'ella sinó, segurament, d'una altra fatídica casualitat. Tornava a ser al lloc equivocat en el moment equivocat. Es va posar les espardenyes amb molt de compte i, com a precaució, es va amagar sota el llit juntament amb la seva bossa. Encara esperava que només es tractés d'algú que entrés i sortís, potser hi havia anat a buscar o recollir un encàrrec de la Mercè mentre la dona era de vacances. Tanmateix, passats deu minuts no havia sentit cap més senyal de vida, com si la visita s'hagués assegut al menjador sense la més mínima intenció d'abandonar el pis. Aleshores va plorar per voluntat pròpia davant aquell altre despropòsit. Ja no sabia què pensar ni com respondre a una altra situació insòlita. A poc a poc, guiada per l'altra Nina, la supervivent del seu altre jo, va prendre una nova determinació: podia anar fins a l'entrada amb molta cautela i marxar del pis sense que el segon inquilí se n'adonés. Era arriscat però plausible, ja que la porta d'entrada no estava situada davant mateix de la del menjador, sinó que hi havia un angle mort. Quan la sentís obrir la porta –si és que ho feia–, ella ja s'hauria escapat escales avall, com havia fet al Walden.

Va recuperar la carpeta i la va ficar dins la bossa. Es va lligar la jaqueta de llana a la cintura, perquè en aquells moments tornava a suar com una atleta en plena competició, i es va senyar tot i no trobar-hi cap mena d'explicació, perquè no ho feia mai. Les seves respostes intel·lectuals, físiques i anímiques a tot el que li estava passant eren una autèntica sorpresa per a ella mateixa, qualsevol hauria dit que s'havia passat la vida esquivant obstacles físics.

«Un, dos, tres...», es va esperonar per dins.

Va avançar pel passadís lentament i va posar la mà sobre el pany. Havia estat fàcil, però encara li calia agafar el seu clauer de sobre la tauleta, el que obria totes les portes de la seva biografia: l'edifici del carrer Elisabets, la torre de la Floresta, la casa del passeig marítim de Sitges.

–Quieta aquí! Qui cony ets, tu?

Ella va fer un salt automàtic, i l'esglai va augmentar en descobrir el propietari d'aquella veu: un individu jove de metre noranta, amb barba de dos dies i cara de pocs amics. La mena d'home que a ningú no li agradaria trobar-se en un carreró fosc.

–Un moment, un moment! –va reclamar la Nina amb una actitud més suplicant que imperiosa, i va agafar el manat de claus ràpidament abans ell no actués. Semblava prou desconcertat per ser una amenaça–. La Mercè em va donar les claus, he entrat amb les meves claus –va explicar amb els ulls fora de les òrbites i estenent la mà amb les claus a dins.

–Qui ets? –va repetir el noi mirant-la amb perplexitat.

–Sóc una amiga de la Mercè... la meva mare... Ho era la meva mare, vull dir –va afegir panteixant.

Estaven plantats cara a cara i es miraven fixament per obtenir, a través del llenguatge no verbal, la màxima informació l'un de l'altre.

–I tu qui ets? –preguntà la Nina per guanyar temps. Tenia clar que allò no prometia acabar bé, ningú no es creuria els seus motius per ser en aquella casa.

–Soc el seu nebot –No pensava donar-li gaires explicacions a una desconeguda d'intencions sospitoses–. Què hi fas aquí?

–He vingut a buscar un llibre –es va inventar, acalorada.

–Per això sorties d'amagat? –va preguntar el noi amb suspicàcia, i va dirigir la vista al fons del passadís d'on ella procedia–. Buscaves un llibre a les fosques?

Ell només havia encès els llums del rebedor i el menjador, la resta era una gola de llop. Tenia tots els motius per desconfiar del comportament de la Nina. No dubtava que tingués les claus d'aquell tercer pis –no podia haver entrar per enlloc més–, però no hi havia anat a buscar un llibre precisament.

–Dona'm la bossa.

La noia va agafar ben fort la bossa, que contenia el valuós origen dels seus problemes.

–No –s'hi va negar.

Intentava mostrar-se ferma, però li fallaven les cordes vocals i això desmuntava la seva credibilitat.

–Me la dones o l'agafo jo?

Li van saltar dues llàgrimes nervioses que encara ho van empitjorar.

–Deixa les llagrimetes i dona'm la bossa ara –li ordenà ell, i va afegir entre dents–. Mentidera dels collons. Estic tip de mentideres.

Li supurava una ferida massa recent i la Nina es va adonar que seria inútil pretendre raonar amb ell quan la situació la feia semblar indiscutiblement culpable.

Es va despenjar la bossa i va allargar el braç.

–Aquí la tens.

El Marc va agafar-la sense contemplacions i va entrar al menjador. No li importava si la dona aprofitava l'ocasió per fugir: es trauria un problema del damunt i conservaria les coses que ella devia haver estat robant.

La taula del menjador feia més de dos metres de diàmetre i només tenia un gerro amb flors seques al mig i una capsa gran de pizza que ell acabava de portar. Va bolcar el contingut de la bossa sobre la fusta massissa, deixant a una banda una carpeta grossa d'un cartró negre molt gruixut. Una saca de roba amb l'uniforme a dins, el moneder, el mòbil, la fotocòpia d'una foto en blanc i negre, un necesser petit, les arracades i el rellotge que s'havia posat per anar a treballar, una capsa de caramels de llimona, l'ampolleta d'aigua buida, kleenex nous i usats, un bolígraf de propaganda, un tiquet del Viena rebregat.

La Nina l'havia seguit al menjador i ell es va sorprendre internament que no hagués aprofitat l'ocasió per desaparèixer. Malgrat això, no va abandonar la seva ocupació ni va aixecar el cap per sotjar-la ni un segon.

–No has trobat gran cosa –va constatar el Marc amb ironia mentre examinava les arracades de brillants i el Chopard d'or rosa. Havia arquejat les celles, una d'elles partida pel mig, com solia fer involuntàriament quan alguna situació el disgustava.

–Tot és meu, les arracades i el rellotge també –va afirmar ella contemplant els seus objectes personals, escampats sobre la taula.

Estava entrant en una fase de resignació, perquè ja no tenia forces per lluitar més. Només necessitava recuperar la carpeta, l'única cosa que li importava a aquelles altures.

–No fas pinta de tenir aquestes arracades, i tampoc un rellotge d'or i brillants –va palesar el Marc, sarcàstic.

–Segons tu, quina pinta tenen les dones que porten aquestes coses?

–No semblen unes penjades.

Havia estat un cop molt baix i n'estava penedit, però va seguir revisant les presumptes pertinences de la saltejadora. Al necesser tan sols hi havia material d'higiene femenina i va tancar-ne la cremallera de seguida. Després va obrir el moneder, però allí no hi va trobar res destacable: quaranta euros en bitllets i unes quantes monedes. Va comprovar la identificació de la Vall d'Hebron i el nom que apareixia a les dues targetes de crèdit per assegurar-se que no fossin de la Mercè Feliu.

–Agustina Romeu Roca. Caram, veig que ets infermera de la Vall d'Hebron!

Tenia una manera de parlar molt ofensiva quan s'ho proposava, i n'era perfectament conscient. Per això, va prendre una resolució salomònica amb l'objectiu de no dir res massa gruixut que li pogués saber greu més endavant. Va consultar el seu rellotge de submarinisme mentre la Nina continuava callada i expectant a l'altra banda de la taula amb els braços creuats.

–Podríem trucar a la Mercè, però ara són les dues a Dubai.

Va agafar la bossa de la intrusa d'una revolada i hi va entaforar la carpeta. Després, va anar ficant-hi tots els objectes menys el rellotge i les arracades i la va deixar anar davant d'ella mentre deia:

–Si demà la Mercè em confirma que les joies són teves, te les torno. Ella ja em donarà el teu telèfon. Com que sou tan amigues... –se'n va burlar.

–I em demanaràs disculpes?

–Això mateix –va corroborar amb un altre somrís de mofa no premeditat.

La jove va descreuar els braços, armada de paciència i decidida a arreplegar la seva bossa per marxar. Tenia el que volia, però de sobte el Marc va canviar d'opinió.

–Aquí què hi ha?

Va fer dues passes per arrambar la bossa novament. En va treure la carpeta i la va obrir sota l'atent escrutini de la Nina, que contenia la respiració. Observar com en grapejava el contingut sense la més mínima delicadesa li va crispar els nervis. Va pensar a arrencar-li la carpeta dels dits però es va reprimir: no aconseguiria recuperar-la i encara es malmetria algun paper.

Mentre mirava per damunt la fotografia original i els manuscrits, el Marc va decidir que també conservaria la carpeta. Devia tractar-se de documents antics de la Mercè.

–Això també m'ho quedo en dipòsit –va bromejar amb malvolença.

La Nina volia dir algun exabrupte però no li sortien les paraules. Estava tan cansada –li fallaven les cames– que no podia ni seure en alguna de les cadires que voltaven la taula.

–Ja pots anar. Ves –la va engegar com si es dirigís al seu gos.

No entenia per què la dona encara seguia allí plantada. No pensava denunciar-la, i la Mercè probablement tampoc ho faria. Podia estar agraïda.

–No penso marxar si no em tornes la carpeta.

La infermera va enretirar una de les cadires més allunyades i s'hi va deixar caure. Era la darrera mostra de resistència que es permetria, perquè discutir requeria una lucidesa mental de la qual no disposava. L'única cosa que es proposava era mantenir la posició en aquella cadira.

–T'he dit que marxis.

–Què faràs? Treure'm per força?

10

Van estar muts durant deu minuts, ella esculpida a la cadira maldant per mantenir-se desperta i ell jugant amb el seu portàtil, que acabava de col·locar a la taula. L'havia tret de la seva maleta, plena de roba i poca cosa més. Esperava que la dona es rendís, però no semblava disposada a cedir.

–Puc anar a buscar un plat a la cuina tranquil·lament? –va preguntar fent un cop d'ull significatiu a les joies i la carpeta, que descansaven en una cantonada de la taula–. Hauré de sortir corrent darrere teu?

La Nina hauria rigut però no tenia ànims. No podria fer ni dues passes sense caure rodona a terra. Ell va considerar la falta de resposta com una afirmació. Va tornar amb dos plats, un ganivet i una cola freda de la nevera. Superada la brutalitat de la constatació, s'havia tret un pes de sobre trencant amb la Blanca definitivament i l'estómac se li havia tornat a obrir amb una gana ferotge. Va enretirar l'ordinador i va obrir la capsa de la pizza. Se'n va servir un bon tall i de seguida es va adonar que s'havia descuidat els tovallons. Va fer el mateix recorregut per agafar un rotllo de paper de cuina que havia vist sobre un taulell.

La infermera l'escrutava sense dissimular, però ell no semblava sentir-se gens intimitat. Pensava que s'hauria sentit molt incòmoda en el cas invers, i que li hauria estat impossible comportar-se amb normalitat escodrinyada per un perfecte desconegut.

Abans de començar a menjar, el Marc va agafar l'altre plat i el va col·locar a prop de la jove. Era prou alt per poder arribar a mitja taula sense haver-se d'aixecar.

–Vols pizza? –li va preguntar amb parsimònia.

–Tu deus ser imbècil.

La seva frase havia contingut molta estupefacció. Només un psicòpata mantindria aquella actitud impertorbable.

–M'ho diuen sovint –va admetre ell amb ironia.

Va tallar un segon tros de pizza i el va col·locar al plat de la seva comensal.

–Has sopat? –li va preguntar.

–No.

–Menja, són les dotze de la nit.

Ella es va inclinar lleument sobre la taula per apartar el plat, com una declaració de principis. Li feia mal cada centímetre del cos i estava afamada, però no cauria tan baix. Encara que l'aroma de la pizza li estigués fonent la boca.

–No siguis infantil, A-gus-ti-na –va remarcar somrient mentre assaboria el deliciós formatge fos.

–Em dic Nina.

Malgrat que fos un individu irritant amb un aspecte aspre que li resultava molt desagradable, se sentia estranyament resguardada. En part, pensava que si apareixia aquell rus esfereïdor es trobaria amb la sorpresa d'un troglodita com ell. Seria un pols equilibrat entre un ogre local i un de l'altra banda del continent.

–I tu com et dius?

Les ganes de preguntar li acabaven de trair l'orgull. No va obtenir resposta i es va quedar en silenci uns deu minuts més, fins que el seu acompanyant es va acabar tota la pizza menys el tros que li havia servit a ella. A continuació, es va beure la llauna de cola d'un glop.

–Si en vols una, te la porto –va oferir davant el defalliment evident de la infermera, que semblava a punt de desmaiar-se i segurament només resistia per por.

El Marc lamentava que el cregués capaç de fer-li mal, però no va dir res per defensar-se.

–Què hi fas aquí un 23 de desembre? –va demanar la Nina amb una curiositat apenada, perquè si no conversava s'adormiria sobre la taula.

Era quasi mitjanit, aviat començaria la vigília de Nadal i aquell individu no devia ser tan diferent d'ella si pensava passar la nit al pis buit de la seva tieta. Sabia que la Mercè Feliu tenia cinc germans i, per tant, una pila de nebots. En canvi, no en coneixia ni un.

–He d'acabar un projecte.

Havia respost per donar-li una mica d'aire a la seva oponent d'ulls blaus espectaculars, i li havia mentit perquè no volia regalar-li els lamentables detalls de la seva vida privada.

–Quina mena de projecte?

–La reforma d'un edifici –es va inventar.

–Què ets? Arquitecte? Enginyer?

–Enginyer.

Havien establert una espècie de treva tàcita provocada per la necessitat. La situació era tan anòmala, fora de guió, que no podien recórrer a l'habitual catàleg de recursos socials i frases fetes. Només podien improvisar.

–A qui t'assembles? –va preguntar ell com si pensés en veu alta–. A l'Ava Gardner? A l'Elizabeth Taylor! –va concloure.

Feia estona que ho tenia clar, però volia passar el temps.

–T'he mentit perquè no et podia dir la veritat –va declarar ella de sobte, amb desconsol. No podia compartir-ho amb ningú, i allò la turmentava més que el fet de tenir un sicari al darrere. Es preguntava quant trigaria a trobar la medalleta amb la cadena que havia deixat sobre la calaixera del senyor Armengol i, en no localitzar la resta de documents, a seguir-li la pista.

–I quina és la veritat?

El Marc havia decidit provar sort malgrat saber que les manipuladores professionals, les que abusen sistemàticament de les debilitats dels altres, són incurables.

–He tingut un problema personal i necessito desaparèixer unes quantes hores.

Li costava un esforç sobrehumà contenir el plor per culpa d'aquell cansament insuportable, unit a un pànic progressivament més intens a mesura que corrien els minuts i anava repassant els esdeveniments.

–Endavant, fes un drama perquè em senti malament i tot arreglat. Hi deus tenir molta experiència –digué ell cínicament sense immutar-se.

–No penso plorar davant teu, abans rebento –li va garantir la Nina amb menyspreu però sense contenir l'exasperació–. Només vull dormir. Dormir, dormir, dormir!

L'enginyer li va donar permís amb indiferència:

–Doncs ves-te'n a dormir o fot el que et doni la gana.

No estava d'humor per a més falsos numerets victimistes i només anhelava perdre-la de vista. Havia anat a casa la Mercè per estar sol amb la seva fúria silenciosa i s'havia trobat amb aquella molesta ocupa. Va recollir el seu plat, la llauna i la capsa buides. També va llençar a la brossa de la cuina el tros de pizza malaguanyat i va continuar impassible. Tornava a entretenir-se amb l'ordinador mentre ella, un cop s'havia desfogat, suposava que treballava en el projecte d'enginyeria. La quietud era absoluta, llevat del lleu so dels seus dits prement les tecles del portàtil, gairebé música celestial per a la Nina perquè li recordava la quotidianitat. Va decidir anar-se'n al llit. No podia fer-hi res si, finalment, es tractava d'un bipolar que la degollava mentre dormia, però semblava un home sensat malgrat ser un prepotent. Estava convençuda que els documents no li interessarien per a res i que, quan truquessin a la Mercè l'endemà i quedés tot aclarit, se'ls podria emportar. Es va llençar sobre el llit de l'habitació de convidats i va perdre la consciència instantàniament.

11

Quan es va despertar, no tenia ni idea d'on es trobava. Es va incorporar feixugament i va recórrer l'habitació amb ulls angoixats. Entrava una mica de llum a través de la finestra que donava al celobert de l'edifici i el va veure assegut a la butaqueta del costat del llit. Va ser una sensació molt rara i torbadora, veure algú que l'observava mentre dormia.

–Estaves cridant –es va justificar ell, que no volia semblar un pervertit ni un *voyeur*.

La Nina no havia parlat mai abans mentre somniava. Va continuar suspesa als llimbs un moment mentre recuperava el sentit de realitat. Encara no estava segura d'haver-se despertat i tenia la nebulosa impressió de seguir dins algun malson. De sobte, tot va recuperar la intensitat. L'enginyer portava els cabells negres mullats –acabat de sortir de la dutxa– i s'havia posat un polo net de tipus rugbi de color blau marí i uns texans. Els seus peus, calçats amb unes còmodes botes de muntanya, ocupaven mitja habitació. Tenia un posat menys hostil mentre l'observava des de la butaca de pell. No obstant això, ella se sentia molt intimidada.

–Quantes hores he dormit? –va preguntar; no tenia cap referent més enllà de la claror tènue procedent de l'exterior.

–Són dos quarts de vuit.

–He dormit més de set hores? –va preguntar amb estupor de forma retòrica.

–On és la notícia? –va ironitzar ell en resposta al seu rostre desencaixat.

La infermera va sortir de sota la manta ràpidament, però es va quedar asseguda sobre el llit, veient-se incapaç de posar-se dreta de cop.

–He estat pensant... –li va avançar ell amb una actitud conciliadora inèdita. Semblava haver recapacitat i tenia un to completament diferent–. Si hi estàs d'acord, no cal que truquem a la Mercè. Jo no tinc ganes d'explicar-li per què sóc aquí, i segurament tu tampoc.

La Nina va pensar que era la primera cosa raonable que deia des que s'havien topat en aquell pis.

–No has d'acabar un projecte... –va mormolar, sense necessitat de grans dots d'endevinació.

–No t'havia vist mai per aquí –va al·legar ell per justificar d'alguna manera la seva prevenció inicial.

Ja no semblava dubtar d'ella.

–Des que va morir la meva mare, fa sis anys, he evitat la Mercè. Em truca pels aniversaris, per Nadal... Però jo no...

En el fons sabia perfectament per què es comportava d'aquella manera tan injusta, i va decidir posar en paraules la penosa realitat.

–La Mercè em recorda massa a mi. Sé que acabaré com ella...

Es referia al fet que estava carregada de diners però desencantada i completament sola a pesar de ser una bona persona.

Tanta nuesa era molt incòmoda per al Marc, que va tornar a canviar de tema immediatament.

–Vine a esmorzar. Estàs demacrada.

Feia llàstima mirar-la. El Marc es va aixecar enèrgicament de la butaca i va sortir de l'habitació esperant que el seguís al menjador.

–Ara vinc –va barbollar ella novament, perquè encara no se li havia desemperesit la veu.

Va abandonar el llit amb cura de no caure i va encendre el llum de la tauleta de nit defugint veure la seva pròpia estampa al mirall del tocador que tenia davant. Despentinada, plena de lleganyes i amb la mateixa roba vella del dia anterior –ara feta un manyoc– devia semblar una veritable pelleringa. Ni tan sols tenia esma per rentar-se la cara, realment es desmaiaria si no ingeria algun aliment. Al capdavall, la coqueteria era l'última de les seves preocupacions.

Al menjador hi va trobar una taula amb estovalles blanques parada amb algunes peces d'una vaixella de color groc. La seva bossa i la resta de pertinences havien anat a parar sobre un dels dos sofàs tigrats, igual que el portàtil. A través de la balconada plena de falgueres i geranis, la primera llum del matí queia sobre els objectes amb una suavitat meravellosa. La decoració no semblava tan depriment a ple dia.

–Què n'opines dels sofàs, són de puma o de guepard? –va bromejar l'enginyer després de presenciar la seva ruta visual pel menjador.

–Em quedo amb les oques de porcellana –va respondre la Nina recordant que en el passat també havia estat una persona alegre i despreocupada.

–Seu.

Va escollir la cadira més propera a la balconada mentre ell seguia exercint d'amfitrió.

–He trobat aquestes galetes de fibra activa per ajudar al trànsit intestinal –va explicar mostrant-li la capsa que hi havia sobre la taula, i va seguir enumerant-li el menú per a la tercera edat–. També tenim un pot de malta d'ordi soluble i llet desnatada sense lactosa amb omega 3 per regular el colesterol.

La Nina va somriure veient-lo llegir els envasos amb sentit de l'humor. No li resultava tan molest quan es burlava de qualsevol cosa que no fos ella. Va omplir de llet i galetes la seva tassa i va començar a devorar l'esmorzar sense cuidar les formes ni esperar que el seu company de taula també se servís. L'avantatge de ser en aquell búnquer amb algú que l'havia tractada de lladre i indigent era poder permetre's el luxe de ser ella mateixa completament. Si feia temps que ja li importava ben poc l'opinió dels altres, vista la seva condició actual de fugitiva, se sentia alliberada de la necessitat de guardar les maneres. Malgrat tot, volia deixar clara una sola cosa. Va interrompre l'atac de gola per agafar el mòbil de la bossa.

Va buscar la darrera fotografia, on apareixia amb el caríssim rellotge d'or i brillants. Va ampliar la imatge entre les dues infermeres que la franquejaven, les úniques que li queien bé, perquè mai no intentaven incloure-la en els seus plans. La va deixar al costat de l'enginyer sense dir res i va tornar a seure per acabar-se l'espès esmorzar.

El Marc hi va fer una ullada i es va posar només una mica de llet a la tassa. Pensava fer-se un cafè a la Nespresso que havia descobert dins un armari de la cuina.

–Estic esperant les disculpes –va manifestar ella per pura revenja.

Ja sabia que no es retractaria i no li importava. S'havia adonat que era el clàssic home negat per verbalitzar una disculpa però que devia tenir altres formes de demanar perdó. Ella preferia les persones amb poca retòrica perquè, al final, les paraules se les emporta el vent.

–Vols un cafè? –va preguntar l'enginyer abans de posar-se dret.

–Et dispenso de demanar disculpes si m'expliqués per què ets aquí –va proposar, buscant una compensació abans no s'escapolís.

Havia trobat la coartada perfecta per satisfer la seva tafaneria; alhora, desitjava que aquell esmorzar s'allargués eternament per no haver de sortir de la seva confortable trinxera i afrontar les properes hores.

–«Et dispenso» –va repetir ell, molest–. Hauries de baixar una mica al meu nivell, no tots tenim un rellotge Chopard.

Es va aixecar de taula evitant mirar-la als ulls i la Nina va mostrar el seu desconcert. Estava molt més àgil després de dormir més de set hores seguides per primera vegada en mesos.

–Jo què t'he fet?

No entenia tanta bilis contra ella si no era per algun prejudici.

El Marc necessitava un cafè fort abans de decidir si responia o no. Va salvar la Nespresso del seu desterrament al rebost i es va preparar un parell de càpsules de Kazaar.

La infermera seguia asseguda amb cara de vers inacabat. Van sostenir el silenci com altres vegades mentre l'enginyer afegia el cafè a la tassa i es prenia el tallat amb la vista perduda. Passats un parell de minuts, a ella se li escapà un singlot per haver engolit tan ràpid i li va sortir una mica de llet pel nas. Es va sentir molt avergonyida però, curiosament, allò va servir per rebaixar la tensió als rostres de tots dos.

–Ho sento –s'excusà immediatament amb la mà sobre la boca i els orificis nasals. Havia perdut qualsevol principi d'urbanitat.

–Ahir a la tarda vaig enxampar la meva dona en plena infidelitat –va resumir l'enginyer amb temprança, clavant-li la mirada per comprovar, a jutjar per la seva reacció, com el veuria tothom. Havia pres la determinació de començar a entrenar-se amb ella per a l'endemà, un dia de reunió familiar ineludible on se sentiria el fruit d'un fracàs anunciat, perquè s'havia casat amb una egocèntrica.

Tanmateix, la Nina no el va trossejar amb una mirada compassiva sinó que va reaccionar amb una pregunta. Estava més sorpresa pel fet que li hagués contestat que no pas per la resposta.

–Infidel en quin sentit?

–Si vols, t'ho ensenyo.

La proposta va pintar de color púrpura les galtes de la infermera.

–Jo també vaig ser infidel una vegada –va confessar per sortir del pas, malgrat que no tenia cap solta furgar en una ferida tan recent per al seu interlocutor. Era justament el contrari del que faria una persona normal i, sobretot, prudent.

El Marc va somriure un instant.

–Estàs casada?

S'havia fixat que no portava anell, però ell també se l'havia tret –el molestava molt a la feina– poc després dels vots matrimonials.

–No, no m'he casat mai.

–I com va anar?

Esperava la mateixa franquesa a canvi. Havia començat a interessar-li aquella conversa amb una dona que primer li havia semblat una gata maula i de qui ara ja no sabia què pensar. Mostrava indicis de ser una malcriada de casa bona com la Blanca, però anava d'incògnit? Vestia com una arreplegada, portava els cabells com una fregona i no gastava la més mínima astúcia femenina.

–Sortia amb un noi encantador, ara fa uns set anys –va començar ella tot esperant normalitzar el diàleg amb l'enginyer–. La meva mare estava operada dels genolls i cada tarda venia un fisioterapeuta a fer-li la rehabilitació i massatges.

–Et vas tirar el fisioterapeuta de la teva mare?

A ell aquella imatge mental devia semblar-li divertida, però la Nina tornava a tenir el rostre escarlata.

–No, no! –va refutar, aïrada, i va afegir–: Va ser una altra classe d'infidelitat! A més, el fisioterapeuta tenia més de cinquanta anys!

Detestava que la majoria d'homes sempre elucubressin sobre el mateix, focalitzats en l'àmbit físic, com si no hi hagués altres formes de traïció. Com la que havia perpetrat la seva pròpia germana.

–Em feia mal l'esquena d'estar tot el dia plantada en alguna de les nostres parades de la Boqueria. La meva mare l'hi va dir i es va oferir a fer-me un massatge –va explicar, mortificada pel simple fet de rememorar-ho. Donava la mesura de com n'havia estat d'insignificant aquella relació per a ella–. Vaig arribar a casa en cinc minuts, és a la vora del mercat. Em vaig passar tres quarts d'hora estirada i em vaig oblidar que havia quedat amb en Pol. No vaig recordar ni per un moment que m'esperava amb uns amics al Cafè Zuric.

Dit amb tant de sentiment semblava una terrible traïció.

–Estàs comparant ficar-te al llit amb un altre amb oblidar-te de la teva parella una estona mentre et fan un massatge? –va preguntar el Marc sarcàsticament, fascinat.

–Només penso que hi ha moltes formes d'infidelitat amb la mateixa conseqüència: destrueixes la teva relació. Però encara et sents més culpable quan l'altra persona no t'ha provocat cap sentiment rellevant, li has robat el seu temps a canvi de no res. Això també és una estafa.

–Ho has defensat amb entusiasme però no ha colat –va decretar l'enginyer, posant-se a riure finalment.

–No hi veig la gràcia. Segur que la teva dona no s'oblida de tu ni mentre t'enganya, deu veure la teva cara tota l'estona.

–Això se suposa que m'ha de consolar? Que pensi en mi mentre està amb un altre?

–Jo diria que no se't treu del cap –va aventurar amb punteria.

–Tu creus? –va formular amb un escarni sostingut, menystenint-la a pesar de saber que l'havia clavat.

–M'ho puc imaginar.

–Ah, sí? I per què?

–Perquè és molt fàcil odiar-te.

Aquella sentència tan afinada, venint d'una persona que només feia unes hores que el coneixia, el va deixar consternat.

–No vull dir que... que... No ho estic justi... ficant... –va tartamudejar ella.

No sabia com sortir-se'n. Haver recuperat les facultats una estona sent la nova Nina, asocial i desllenguada, tenia molts inconvenients. Era millor viure sempre abaltida mantenint-se allunyada de la gent.

12

L'aigua tèbia de la dutxa la va anestesiar uns minuts. Amb la pell reblanida i perfumada pel sabó hidratant, se sentia més bona persona. Estava acostumada a confraternitzar amb la impotència, però no enmig de contingències perilloses i amb una responsabilitat universal aclaparadora. Fos com fos, res no justificava el seu comportament. Havia estat poc equànime amb un individu que acabava de patir una immensa decepció, tenia dret a enemistar-se amb el món –sobretot amb les dones, que havia elevat a la categoria de deslleials per naturalesa– i ser la personificació del ressentiment. En aquell aspecte tan reduccionista s'assemblaven molt.

Va anar de puntetes fins a l'habitació de la Mercè perquè no volia que l'enginyer la sentís deambular pel pis. El llit estava impecable, amb els coixins col·locats a l'estil d'una alumna de les monges missioneres, i va deduir que ell havia dormit en un dels sofàs del menjador. Necessitava, almenys, unes calcetes netes, i en va triar unes prou acceptables –amb transparències de blonda– per pertànyer a una jubilada. També va trobar una brusa rosa de talla XL que no li quedava del tot malament tenint en compte que la Mercè era mig pam més alta que ella, que només feia metre seixanta-cinc però era prou rodoneta per no atrevir-se mai amb menys d'una mitjana. Un cop vestida, va intentar controlar-se el cabell curt i descuidat amb la gomina que hi havia a la pica. Es va olorar les mans impregnades de fragància masculina i va resar perquè el seu company de pis no s'adonés que li havia agafat el pot de gomina d'home *strong hold.* Es va entretenir buscant algun exemplar de cabell negre, perquè era poc probable que l'enginyer no n'hagués deixat mostres en algun racó. Malgrat que era evident que s'hi havia esmerçat, va trobar el seu rastre a l'estoreta. Aquella prova d'una altra presència humana vora seu li va resultar exultantment confortadora. Devia estar perdent el seny si s'alegrava de tenir un cabell d'algú altre sota els peus.

A l'habitació va somicar un parell de minuts com a teràpia. Encara necessitava purgar els temors passats i preparar-se, anticipadament, pels que li esperaven. No havien pronunciat ni una paraula més, el Marc havia recollit la seva tassa buida i l'havia portat a la cuina. Ella no s'havia quedat a ajudar-lo a desparar taula per raons òbvies; millor sortir del seu espai vital fins al moment de marxar. El problema era que les seves cames atropellades i el seu cor es resistien a abandonar aquell refugi. Només li quedava un deu per cent de bateria al mòbil. Havia perdut el temps amb sentiments i filosofia en comptes d'intentar aconseguir un carregador. No havia estat llesta ni pràctica i, imperdonablement, havia enutjat l'única persona que li podia donar un cop de mà. Pagaria el que fos per trobar algú amb qui compartir aquell secret extraordinari que li havia caigut del cel. Malgrat tenir la bateria a punt de fondre's, no va resistir la temptació de buscar més informació sobre Anastàsia per allargar una mica més l'adeu inevitable a aquella seguretat inesperada.

Tot semblava apuntar que la petita de les duquesses podria haver-se salvat gràcies al fet que les quatre germanes portaven algunes de les seves joies amagades dins la cotilla. Després de la revolució de 1917, encapçalada pels menxevics –socialistes moderats–, en contra del sistema feudal i del poder absolut dels tsars, Nicolau II va abdicar i tota la família imperial va patir un arrest domiciliari al palau Alexander de Sant Petersburg. Es va instaurar una república amb un govern provisional presidit per Alexis Kerenski que no va satisfer les expectatives dels socialistes radicals o bolxevics (que significaven la majoria) d'eliminar els privilegis dels aristòcrates ni destruir totalment l'antic règim. Els bolxevics volien implantar la dictadura del proletariat segons la ideologia marxista, de manera que van fer caure el govern provisional al cap de sis mesos i van iniciar la Revolució Comunista Roja, també anomenada Revolució d'Octubre, capitanejats per Vladímir Ílitx Ulianov –conegut com Lenin, que era el seu nom de combat–. Es va iniciar així una guerra civil que va durar fins al 1921 i que va enfrontar els bolxevics i l'anomenat Exèrcit Blanc, que consistia en una confederació de grups contrarevolucionaris entre els quals hi havia monàrquics i soldats protsaristes però també demòcrates, socialistes moderats, reformistes de dretes, terratinents, pagesos afins a la monarquia i molts cosacs, que eren acèrrims enemics dels rojos. Els Romanov van ser traslladats a Sibèria i, després, a la casa Ipàtiev d'Ekaterinburg –anomenada la «Casa del Propòsit Especial»–, on, finalment, van ser assassinats el 17 de juliol de 1918 pel soviet dels Urals, que era l'assemblea de ciutadans, camperols i obrers corresponent a la regió. Per ordre del Soviet Suprem, uns quants membres de la policia secreta bolxevic els van fer baixar al soterrani de l'edifici –amb l'excusa que hi havia tirotejos als carrers– juntament amb el metge de la família i els tres servents de màxima confiança dels Romanov: l'ajudant de cambra de Nicolau, la donzella d'Alexandra i el cuiner. Allí van començar a disparar-los, i en veure que les noies havien sobreviscut gràcies a aquells inesperats escuts d'or i pedres precioses, les van colpejar amb la culata de les armes fins a donar-les per mortes, i van abandonar els cadàvers una estona indolentment, un marge de temps que per a Anastàsia va suposar la diferència entre esvair-se com la resta de la seva família o ser rescatada per un bon home. La idea inicial de la cúpula revolucionària no va ser l'aniquilació, que escandalitzaria el món sencer, sinó enviar la família reial fora del país. Posteriorment, es va especular que la intenció de Moscou –auspiciada per Lenin– era executar Nicolau i Alexei com a hereu de la corona, però no Alexandra Fiodorovna ni les quatre tsarines. No obstant això, el poder creixent dels bolxevics i una decisió aparentment unilateral de Iakov Yurovski, el comandament a càrrec de la vigilància dels Romanov a la casa Ipàtiev, va determinar aquell final propi de la monstruositat humana. Yurovski odiava profundament els tsars i, tement l'entrada a Ekaterinburg de l'Exèrcit Blanc i l'alliberament de tota la família, s'hauria apressat a massacrar-los.

Les conegudes tesis sobre l'existència d'un criat o guàrdia lleial a la monarquia que hauria arrabassat de la mort la més petita de les germanes mai no s'havien pogut demostrar. Però ara la Nina tenia aquells dos fulls arrencats d'un dietari on el Delfí Armengol havia intentat recollir les informacions que li havia donat la seva segona esposa. El petit llegat consistia en dues pàgines escrites el juliol de 1935 amb una ortografia pròpia d'algú que havia estudiat poc, però tan valuoses com ho és sempre la veritat quan, per fi, queda revelada. Tampoc no devia haver llegit gaire, a jutjar per l'estil telegràfic del seu testimoni. En el primer full explicava breument que havia conegut Anastàsia quan s'havia quedat completament sola després de la mort del seu protector a causa d'una pneumònia i que treballava en una tintoreria fent-se passar per muda i ximple. S'havia compadit d'ella fins al punt de dur-la a treballar a casa seva i se n'havia enamorat. Exercint d'esposa i mare, havia criat el seu fill Carles com si fos seu. Després, enumerava alguns fets de la vida de la duquessa tot remarcant que es tractava d'una dona molt callada que rarament parlava del passat, però que assegurava haver estat una noia molt alegre fins que la nit s'havia apoderat del seu posat. Relatava breument com li agradava estudiar francès amb el seu tutor Monsieur Pierre, com el seu germà Alexei –el petit– estava tan malalt que moltes vegades no podia caminar i els criats el portaven a collibè, com recordava el seu pare sempre amb una càmera a les mans per fotografiar-ho tot, com solien anomenar-la *shvíbzik* quan era petita (que en rus significa «follet» o «dimoniet») perquè era força trapella i com es lamentava del fet que, havent estat una noia sana i bonica, llavors tingués els dits dels peus contrafets pels galindons que no s'havia pogut tractar i manyocs de carn pel cos a causa de les ferides. Finalment, l'aprenent de cronista feia constar que havia estat un soldat anomenat Dmitri Voroviov qui l'havia rescatada del soterrani de la casa Ipàtiev i l'havia amagat durant setmanes fins a veure-la recuperada, sense precisar si es tractava d'un bolxevic dels mateixos que guardaven la casa o d'un soldat lleial als Romanov. Només remarcava que Anastàsia l'estimava com a un germà gran i que, un cop el soldat hagué mort, ella tenia un somni recurrent: el veia plantat davant la casa d'Ekaterinburg amb els vidres de les finestres pintats de blanc disposat a netejar-los perquè pogués veure el carrer des del pis superior on estava confinada. Durant aquells somnis, segons l'escrit del fuster de les drassanes, la gran duquessa mormolava el nom del seu salvador incessantment. «Dmitri, Dmitri, Dmitri.» En el segon full, també amb data de 1935, només hi havia un bell dibuix del rostre de la dona coronat per les paraules «La meva estimadíssima Nastàs, emperadora de totes les Rússies i del meu cor per a sempre» i una signatura que demostraven que el Delfí Armengol era molt més hàbil amb el llapis que amb la ploma.

Perduda en aquells pensaments, la Nina va sentir un calfred i un soroll semblant al cruixir del tronc d'un arbre partint-se pel mig. Havia estat com un sabre de cavalleria obrint-li l'esquena de dalt a baix mentre ella repetia mentalment aquell nom prodigiós dels somnis de la gran duquessa: Dmitri Voroviov. Existia, era la confirmació anhelada del que havia passat i un cataclisme en la història del segle xx.

Va caminar fins al menjador amb la mateixa dificultat amb què hauria ascendit per una pujada amb un enorme desnivell. S'esperava trobar l'enginyer a l'ordinador, però estava plantat al costat del balcó, banyat de llum resplendent. Ella havia previst agafar la bossa i la resta de pertinences de manera sigil·losa.

–On has deixat les meves coses? –va preguntar molt amoïnada. No eren sobre el sofà, potser havia tornat a canviar de parer. La Nina va fer l'al·legat final que havia preparat per provar de reconstruir els ponts amb ell–: Em sap greu si el que he dit abans t'ha molestat. No volia insultar-te, al contrari –va manifestar amb sinceritat.

No hi havia res pitjor que ser una persona fàcil d'oblidar.

–Què m'has dit, abans? –va preguntar ell, fent-se el desentès.

Tot seguit, va alçar la carpeta, que havia deixat en una de les cadires, fora del camp de visió de la noia. Després de passar-se la nit reflexionant, no havia tingut gens clar si complicar-se l'existència fins a aquell punt de no-retorn. Ell tenia els seus propis problemes, però era evident que la infermera es trobava en un greu embolic.

–És per això que t'estàs amagant?

Va fer lliscar la carpeta per sobre la taula, a la velocitat justa perquè s'aturés just davant de la dona.

13

La Nina va notar un gust agre a la boca en saber que l'enginyer havia llegit els documents. Els nervis solien fer-la vomitar, i en aquells moments també era un problema l'excés de llet després d'hores sense menjar. Havia quedat oberta en canal pel dilema de si confiar en ell o no i va treure l'esmorzar, de manera que tornava a tenir l'estómac als peus.

–Espero que el senyor Armengol pugui perdonar-me –va dir en veu alta de retorn al menjador. No havia sabut custodiar prou bé el tresor d'aquell ancià.

Al bany s'havia rentat la cara, però encara tenia l'olor de vòmit als narius i la cremor de l'àcid a la gola. Van seure davant per davant, un a cada sofà, ella amb la carpeta ben agafada pel pes de la responsabilitat. La Nina havia pogut dormir com una criatura després de molt de temps, però al Marc li havia estat impossible descansar després d'haver descobert la fotografia juntament amb la carta de la tsarina i els dos fulls escrits pel Delfí Armengol, que havia rellegit diverses vegades.

La infermera li va relatar tot el que havia passat perquè no sabia què inventar-se i, sobretot, perquè ja no suportava carregar sola aquell secret i, estranyament, confiava en ell. No tenia cap raó objectiva per fer-ho, només obeïa la seva intuïció. El Marc va escoltar amb una expectació relativa els detalls d'aquell periple de la infermera des de l'hospital fins a la casa del senyor Armengol al Walden, que havia acabat al pis de la Mercè. Un cop finalitzat el relat, no sabia com fer-s'ho per parlar de tot allò amb ella sense ofendre-la més del compte, i per treure-li del cap tant les esperances com el temor que la tenallava sense sentit.

–Podria ser que hagués ensenyat els papers falsificats o que hagués explicat la mateixa història a altres persones –va plantejar ell per intentar entendre la irrupció d'aquell estranger al pis del senyor Armengol–. Era un vell de més de noranta anys, potser el cap no li rutllava tan bé com et penses.

Ho havia dit amb tot el tacte possible, perquè no volia que semblés que es burlava d'un pobre ancià trastocat i moribund sinó tocar de peus a terra. Allò explicaria que algú altre també volgués destruir els documents o assegurar-se de la seva autenticitat. Que aquell individu hagués coincidit amb la Nina al Walden era un enigma més de l'atzar.

–Però... va forçar la porta com si res. Tu saps forçar una porta?

–Et porto una mica d'aigua –s'oferí.

Es notava que la infermera tenia la boca pastosa i gairebé no podia vocalitzar. Un sospir més tard, el Marc va seure novament al seu davant.

–Gràcies –va dir ella fent un parell de glops. Estava molt freda i se li va glaçar el cap–. Uaaaa, quin mal.

Va deixar el got a terra i va obrir la carpeta.

–Què fas ara?

–Mira! No diries que són autèntics? –li va preguntar, frenètica, mentre estenia els fulls sobre la tauleta de centre–. No sóc una somiadora, t'ho prometo. Hi he donat moltes voltes... Però fixa't en la carta de la seva mare amb l'escut dels Romanov.

Ella tenia el nivell Proficiency d'anglès de la universitat de Cambridge, però el Marc no el dominava gens. Malgrat això i la lletra recargolada, seguint els cànons de l'època, el significat de moltes paraules l'havia pogut deduir pel context.

Alix de Hesse, anomenada Alexandra Fiodorovna a partir del seu matrimoni amb Nicolau Romanov, havia entregat una carta a cada membre de la seva prole. Tement per les seves vides i en previsió que algun d'ells es pogués escapar del captiveri, el juliol de 1918 –poc abans del magnicidi– havia escrit una epístola per al seu cosí germà, el rei Jordi V. Contenia diversos detalls que només la veritable Alix podia conèixer sobre els dies passats a Anglaterra amb els seus cosins i les vacances amb la seva àvia, la reina Victòria. Finalment, li demanava que es fes càrrec de la persona que li entregués aquell manuscrit, passés el temps que passés, perquè seria el seu fill Alexei –el tsarévitx– o alguna de les seves quatre filles. A més de ser un testimoni frapant de la desesperació d'una mare, la carta estava tacada de sang, com si Anastàsia la dugués amagada quan li havien disparat i donat cops de baioneta. La tsarina signava amb l'apel·latiu Alicky, que era la manera carinyosa com l'anomenaven els seus parents britànics per distingir-la de la seva tieta, la princesa de Gal·les.

Durant la nit, el Marc havia descobert a través de diversos testimonis que Jordi V –cosí germà tant de la tsarina com del tsar Nicolau– havia quedat profundament afectat per la mort de tots els Romanov, i ple de remordiments per no haver-los ajudat a exiliar-se a Anglaterra. La major part dels ducs russos van desaparèixer després de la revolució, i el rei Jordi es va fer càrrec que la seva tia, mare de Nicolau II –la tsarina Maria Sofia Frederica Dagmar–, tingués una pensió vitalícia després del final de l'imperi mil·lenari dels tsars.

La carta d'Alexandra també oferia una informació vital per a tots aquells que, al llarg d'un segle, havien intentat esbrinar on es trobava el llegendari «or dels Romanov», una immensa fortuna en joies i altres valors l'existència de la qual no s'havia pogut provar mai. A la missiva, la tsarina donava al seu cosí el nom d'un gabinet d'advocats de Ginebra –especialitzat en dret de successions– i una paraula clau, «Standart», que coincidia amb el nom del iot imperial en el qual Nicolau, el seu gran amor, havia gaudit navegant.

La Nina semblava convençuda de la veracitat de tot allò, i estava entusiasmada pel sol fet de poder abocar totes les seves hipòtesis mentre l'enginyer la contemplava amb un posat condescendent.

–Saps què significa la carta d'Alexandra? Els tresors que se suposa que els Romanov van treure de Rússia abans de la Primera Guerra Mundial podrien estar en un banc de Londres o de Suïssa, com sempre s'ha sospitat, i Anastàsia hauria pogut recuperar-los tan sols posant-se en contacte amb aquests advocats! Ella coneixia el contingut de la carta i segur que ja l'hi havia explicat la seva mare abans o durant el captiveri!

–Ja veus que sortia a compte intentar fer-se passar per ella o per la seva germana Maria –va remarcar ell cínicament amb una al·lusió indirecta a l'ancià de l'hospital, ja que també hi havia versions que sostenien que el cadàver desaparegut era de Maria Romanova, la tercera de les filles.

La infermera no s'ho havia mirat mai des d'aquella perspectiva purament econòmica. Sempre havia vist la figura d'Anastàsia com la d'una hipotètica supervivent amb una història que tocava el cor de qualsevol –la paràbola de la reivindicació moral d'uns drets legítims–, i tot just llavors descobria l'existència de la fortuna que esperava un beneficiari en algun lloc. Amb els anys, les modernes proves d'ADN havien demostrat que cap d'aquelles dones –ni la convincent Anna Anderson– era la gran duquessa Anastàsia Romanova.

–Imagina't que els Armengol haguessin demostrat que ella era la veritable Anastàsia! –va elucubrar.

–Com volies que ho demostressin si les fotografies i els papers eren falsos? L'engany s'hauria acabat descobrint tant si van ser obra del senyor Armengol com de la dona que el va criar o del seu propi pare. Potser ell es pensava que realment eren autèntics, ves a saber...

–Per què estàs tan segur que no ho són?

Finalment, l'enginyer li va parlar de les darreres investigacions científiques, que havien posat fi de manera definitiva a les especulacions, mentre es preguntava per què li havia costat tant trobar la manera d'exposar-li la veritat. No havia volgut desmuntar les expectatives de la seva interlocutora tan de pressa i veure mudar el seu rostre en decepció.

–La mare adoptiva del teu amic, si és que va existir, no era la gran duquessa –va sentenciar–. L'any 2007 es van trobar unes noves restes en una fossa als afores d'Ekaterinburg i les proves van demostrar que eren de la tsarina que quedava per identificar i del seu germà Alexei. Ho sento, Nina –va lamentar.

La infermera s'havia deixat endur per la invenció del senyor Armengol o qui fos del seu cercle i pel magnetisme indubtable que exercien els Romanov, envoltats de grandesa i intrigues. No sabia res d'aquella resolució final del misteri perquè, a diferència del Marc, que havia passat la nit buscant informació, ella només havia consultat algunes dades –les de més fàcil accés a internet, oficioses, com la gran majoria– sobre la família imperial.

–Vaja... No en sabia res, d'això... –va articular amb una barreja de frustració i sensació de ridícul.

Era absurd aquell sentiment de desengany quan hauria d'estar alleugerida. Si només es tractava d'una fantasia, no hi havia cap detectiu rus ni cap amenaça. Només una dona solitària i patètica, desficiada, que s'ho havia cregut tot i inclús havia fabricat una persecució. Encara es va resistir una mica a la idea que fos tan fàcil d'ensarronar i, molt pitjor, tan desequilibrada per posar-hi el seu propi atrezzo. Potser només es tractava d'un magnífic treball d'artesania dels Armengol, però tot hi encaixava d'una manera extraordinària. Després d'un pla tan minuciós, per què tant d'interès a fer-ho desaparèixer tot?

El Marc va veure aquelles tribulacions mentals a través dels ulls de la noia, que estava desesperada per justificar-se i resultava entendridorament transparent. Va intentar no ser gaire cru ni delectar-se en la seva errada. Al capdavall, ell també havia tingut uns moments de feblesa empès per la màgia inexplicable d'aquells falsos documents.

–Potser va creure que era la millor manera que anessis a casa seva i trobessis tot aquest material –va especular.

–Però si volia que el trobés i l'ensenyés al món en comptes de destruir-lo, per què no ho feia ell mateix?

–Potser, com t'he dit, va arribar a creure's tot el relat i, en el fons, volia que es conegués. Potser només va fabricar-se una infantesa insòlita per a ell mateix, per sentir-se especial, i realment volia fer-ho desaparèixer tot. Potser al final va voler ser important davant teu o davant d'algú per un moment... Un minut de glòria darrera per a un personatge totalment anònim, encara que fos a través d'un miratge. Confiava que t'ho creguessis o que, almenys, dubtessis. I ho estàs fent. –Immediatament es va incloure en la crítica–. I jo també, en algun moment, he estat temptat d'empassar-m'ho.

La Nina es negava a acceptar inclús aquelles darreres proves científiques irrefutables perquè dintre seu un ésser diminut li donava puntades de peu suplicant-li un minut d'atenció. «Obre els ulls, obre els ulls», li repetia, i ella no volia ser la persona que no havia sabut escoltar els brams del passat.

–I l'individu que va forçar la porta? Jo hi era... Sé el que vaig veure... –va defensar-se, trasbalsada de nou.

L'enginyer va preferir no dir res més. Ella mateixa s'adonaria que allò podia tenir dotzenes d'explicacions i que probablement ni tan sols s'havia produït cap infracció. Segurament, l'assaltant fictici havia obert amb una clau, com ella, i la resta havia estat obra de l'autosuggestió.

La Nina es va rendir a l'evidència. No hauria d'haver deixat de ser la infermera escèptica i amargada i fer cas d'aquell vell. A part de les ínfimes possibilitats existents que la gran duquessa hagués sobreviscut i hagués passat els seus últims anys a Barcelona criant un nen que acabaria sent pacient seu, hi havia la navalla d'Ockham, el principi metodològic segons el qual, en igualtat de condicions, la teoria més simple sempre és la més probable.

–Tens raó –va admetre finalment–. Volia empassar-m'ho, *mea culpa.*

Havia entonat aquella disculpa empoquida i desmoralitzada, novament extenuada, com si hagués fet una marató –i l'havia feta, però només dins el seu cap, cada dia més inoperant.

–Jo que estava tan amoïnada perquè m'he descuidat una medalleta amb el meu nom en aquella casa... –va comentar desmenjadament per burlar-se sense pietat de si mateixa.

Van quedar en silenci, ja hi estaven acostumats. Asseguts còmodament als sofàs de vellut tigrat, havien intentat canviar els seus problemes per un bitllet al Polar Express, un lloc imaginari on tot és possible si estàs disposat a creure. Sobretot, durant la propícia vigília de Nadal. Havia estat un petit viatge estranyament agradable, però ja s'havien fet les nou del matí i calia reprendre les seves vides.

–Si pel que sigui tens por d'anar sola a casa teva, t'hi acompanyo –es va brindar ell, comprensiu.

–No caldrà, gràcies.

–Et puc deixar el meu gos una temporada –va proposar amb un somrís, perquè sentia una necessitat inexplicable de consolar-la.

–Tens un gos? –va preguntar ella agafant-se al salvavides uns segons més.

–Un setter irlandès. Se'l van quedar els meus pares, no el podíem portar a Barcelona.

–Des de quan vius... viviu aquí?

–Cinc anys. Se suposava que la Blanca no podia créixer professionalment a Reus –va precisar amb un punyent sarcasme.

–Teniu fills?

–No. Vam patir un avortament fa anys i va ser com un antídot –va exposar amb una eloqüència inesperada. Mai no parlava d'aquell tema amb ningú.

–Millor –va valorar ella sense pensar-s'ho dues vegades–. Vull dir que... millor no tenir fills en la vostra situació actual.

–Molt millor –va convenir ell.

No li agradava pregonar els detalls de la seva vida com si es trobés en un *reality* televisiu, però la manera com havien anat a parar tots dos a aquell pis, fugitius de la realitat, s'hi prestava. Per fi estaven distesos dins aquella mena de campana de vidre, d'on sortirien sense que, formalment, aquell lapse de temps hagués existit mai. Si un dia es creuaven pel carrer, fingirien no haver-se vist i passarien de llarg ràpidament.

14

Se suposava que ell només l'acompanyava a la porta per acomiadar-la, però s'havia posat l'anorac. Aquelles hores havien estat tan desconcertants que tots dos es comportaven com els protagonistes despistats d'una comèdia romàntica, desencaixats en els seus nous papers, que eren, alhora, l'oportunitat de la seva vida. Ells encara no ho sabien, però podien deixar d'interpretar el paper de perdedors i començar a ser guanyadors després de molt de temps.

–Tu també baixes? –va preguntar la Nina.

–Has de menjar alguna cosa.

No acceptaria una negativa. Li havia fet llàstima veure-la a punt de marxar amb aquella cara d'haver estat sistemàticament apallissada durant més de mitja dècada. Van esperar junts l'ascensor, concentrats en el paviment de gres.

–Com et dius?

Acabava de recordar que no sabia ni el seu nom. En canvi, s'havia convertit en l'única persona del món amb qui desitjava estar una estona més.

–Marc.

La Nina va fer el gest d'haver-se guanyat, almenys, un cognom. D'ella n'havia vist des del carnet d'identitat fins a la marca de salvaeslips que gastava.

–Santacana, Marc Santacana –va ampliar com una gran concessió.

–Bond, James Bond.

L'enginyer va somriure. Era la primera vegada que la veia bromejar en comptes de semblar una ànima en pena i va apropar el nas als seus cabells.

–T'has posat la meva gomina? –va preguntar amb sornegueria.

–Només una miqueta.

La noia havia abaixat els ulls i, per fortuna, es van obrir les portes de l'ascensor. Van fer el trajecte sols i callats, i a la planta baixa es van creuar amb una veïna que arribava del carrer. Devia tenir uns quaranta anys i portava bòtox als llavis. Va fer onejar una llarga cabellera negra mentre el seu cos impressionant –cobert de roba molt ajustada– es llançava sobre l'enginyer.

–Em pensava que ja no et veuria, sempre t'escapes! –li va recriminar fent-li dos petons amistosos a un mil·límetre dels llavis–. Ja marxes cap a Reus?

–Ara mateix –va confirmar ell secament.

La Nina contemplava l'escena com si estigués passant dins un televisor. Tot era tan anormal per a ella que, en certa mesura, s'ho mirava com una espectadora. Ni tan sols devia ser ella.

–Bon Nadal! Quan tornis, passa per casa! –va exclamar la veïna mentre s'allunyava, i li va dir una darrera frase de refiló–: Tinc una coseta per a tu...

Havia ignorat la Nina com si no existís, un fet que confirmava la seva sensació que no era allí.

–Bon Nadal, Maica –li va desitjar ell.

Finalment havia estat educat, com si li costés mostrar-se amable però en el fons ho fos. Mentre sortien al carrer Còrsega, la infermera va fer una observació:

–Que popular.

L'enginyer havia fet cas omís de la picardia de la veïna, i també va obviar el comentari maliciós de la Nina.

–Hi ha una fleca aquí mateix –va dir seriós, assenyalant un local que tenien a uns vint metres.

Havia escollit un forn amb tauletes molt acollidor –que feia una olor celestial–, decorat com una *boulangerie* francesa i ple d'estrelles blanques penjades al sostre amb fils platejats. Ja havia entès que la Nina era, com la Mercè Feliu, la típica barcelonina que tenia prou pedigrí per no haver d'aparentar. Podia vestir-se com volgués perquè la gent de la classe a què pertanyia no necessitava demostrar res: sabien d'on venien i no es tractava d'una qüestió de diners.

–Prou distingit per a la senyora? –va fer broma l'enginyer mentre entraven al local.

Ella el va mirar amb un interrogant des del mentó fins al front. De debò es pensava que li importava, a quin lloc la portés? Era l'home lleig més atractiu que havia vist mai, i també l'home intel·ligent més obtús que havia conegut.

–Què vols?

Havia triat l'única taula lliure que hi havia al costat de l'aparador, i havia enretirat la cadira de la Nina perquè segués.

–Un croissant.

–Menja alguna cosa sana primer –la va sermonejar–. Et porto un entrepà? De què?

–Pernil dolç –va escollir ella amb emoció continguda.

Feia una eternitat que no la cuidava ningú, i un detall ínfim com aquell li va semblar una galanteria extraordinària. Es va quedar mirant el carrer a través del vidre de l'aparador amb una immensa pau interior. Sentia una estranya gratitud pel Carles Armengol, perquè havia fet que aquell preludi del Nadal acabés sent esperançador. A quarts de deu, la *boulangerie* estava plena de gent completament aliena a la importància decisiva que tenia aquell moment, com si es trobessin en dos nivells diferents: la resta de clients semblaven relaxats i lleugers, quasi flotaven per la intranscendència, mentre que ella tenia plom a les butxaques però, al mateix temps, se sentia excitantment privilegiada.

L'enginyer va portar l'entrepà i una aigua per a la noia i un cafè per a ell. Va seure al seu costat, perquè la tercera cadira estava ocupada per l'anorac vermell i la jaqueta llarga de llana. En canvi, la Nina mantenia la seva bossa amb la carpeta ben a la vora.

–Tant de cafè... –va apuntar per un interès recíproc.

–Estic mort de son, no he dormit en tota la nit.

Ho necessitava per mantenir-se despert, i va estirar els braços lleument per fer-se petar l'esquena.

–Jo pateixo d'insomni –va comentar la dona sense dissimular la tristesa.

Els dies interminables encara accentuaven més la consciència de la infelicitat. De vegades, havia tingut ganes d'omplir-se de pastilles i tancar els ulls per posar fi a la vacuïtat de la seva existència fins llavors.

–No pots dormir? Des de quan?

La Nina va pensar que havia tingut malsons i gairebé havia vomitat davant d'ell, una penosa prerrogativa que només havien tingut els seus pares. No tenia cap sentit ocultar-li la resta de les seves misèries, i en aquells moments l'exhibició emocional resultava tan alleujadora com treure't les sabates al final de la jornada.

–Des de fa molt de temps, però he anat empitjorant.

–Pels horaris? –es va imaginar ell, recordant que treballava en un hospital.

–Per tot... –va sospirar fent la primera mossegada a l'entrepà. Tenia la boca plena de menjar i va trigar uns segons a prosseguir–. Fa temps que estic malament. No és només la mort dels meus pares en un accident de cotxe fa sis anys... El pare va morir a l'instant i la mare va sobreviure dues setmanes però no va superar la gravetat de les ferides.

–Ho sento.

La Nina va somriure agraïda, però detestava els condols forçats que havia sentit una i mil vegades. Va fugir d'estudi continuant el seu relat.

–La meva germana va marxar a viure a Suècia i poc després es va casar allí. De sobte, ja no li importaven les parades dels meus besavis, els magatzems de Mercabarna ni la vida que teníem. No ho entenc, estàvem tan unides...

Expressava els seus confusos pensaments amb frases entretallades. Hi havia donat voltes i voltes durant cinc anys sense obrir-se amb ningú i havia quedat empresonada dins un cercle d'autocompassió.

–Les persones deceben, és el que hi ha –va dir l'enginyer, més realista que cínic.

–Però érem feliços! Sempre estàvem junts –es va esgolar ella, que encara semblava no haver acceptat ni comprendre del tot el que havia passat–. Ens agradava la idea de seguir la tradició, i des de petites anàvem a la Boqueria els dissabtes per ajudar la meva mare a supervisar-ho tot. El mercat, el barri, la gent de tota la vida. Més tard, la meva germana va preferir portar els negocis majoristes de Mercabarna amb el meu pare, però jo no volia res més: tant me feia tenir una vida rutinària al costat mateix de casa, llevar-me a les sis del matí, no fer vacances... En tenia prou amb la meva família i el meu món petitó.

Ell tenia uns sentiments similars des que havia deixat la seva ciutat, una feina que li encantava, els amics de sempre, la colla castellera dels Xiquets de Reus... per complaure la Blanca i salvar el seu matrimoni. Al capdavall, perquè l'acabés enganyant. Habitualment li costava molt mostrar el seu dolor, però la impotència li havia afluixat la llengua amb aquella dona des del principi. L'atmosfera de confiança entre ells era inusual i, com a la infermera, tampoc no li semblava que fos del tot real. Podia permetre's parlar a pit descobert. Només havia anhelat ser un bon marit, treballar tant com fes falta per oferir seguretat als seus i una vida tranquil·la. El seu ideal de dissabte a la nit era quedar-se a casa veient una bona pel·lícula en blanc i negre al sofà –sota una manta– amb un amor arrepenjat al seu pit. Una dona amb la qual envellir que, quan estigués plena d'arrugues, continués sent la mateixa noia als seus ulls.

–A mi també m'agraden les coses senzilles. Clares i senzilles –va resumir, ja penedit de donar massa pistes que després poguessin ser utilitzades contra ell. Hi tenia molta experiència, a ser atacat, precisament, perquè no tenia grans ambicions.

–Potser ho podeu arreglar... Perdonar-la... Potser no ha significat res –va aventurar la Nina observant-lo amb molta atenció.

Havia descobert que no era el personatge que aparentava i, a més, tenia un somrís captivador que contrarestava la seva rudesa inicial.

–Ni la perdonaré ni ho arreglarem: ja s'ha acabat –va declarar rotundament, fent palès que se sentia alliberat. Estava decebut i tenia l'orgull ferit, però d'altra banda li agradava la perspectiva de tornar a ser lliure després d'anys consumits en va. Li faltava dir una darrera frase vehement que suposava la millor revenja–: I tens raó, ell no ha significat res. Només ho ha fet perquè és una autèntica cabrona. Aquell mitja merda no sap ni fo...

Es va censurar per un doble motiu: no era un tema de la incumbència de la Nina i ja s'havia posat prou en evidència. Però si la Blanca hagués quedat satisfeta les tardes que es reunia amb el seu amant, no s'hauria dedicat a buscar-lo a ell enardida cada nit perquè feia tres mesos que ni la tocava.

–Que faràs amb la foto, la carta i els escrits del Delfí Armengol? –va preguntar, virant cent vuitanta graus.

Per primera vegada, la Nina havia oblidat aquell tema durant un instant. Li havia pujat una mena de calor per tot el cos pensant com devia ser al llit un home que proclamava que li agradaven les coses clares i senzilles. De sobte, es va imaginar saltant sobre aquella taula i robant-li un petó sota les estrelles nadalenques penjades al sostre, que es movien amb els petits corrents d'aire.

–Amb els documents i la foto, què faràs? –va repetir ell.

–Ho destruiré tot, és el que em va demanar –va especificar, tornant en si d'un trastorn incomprensible provocat pels factors ambientals. Tot seguit, es va excusar pel que suposava que devia pensar el seu interlocutor–. No sóc tan crèdula com semblo... Ha estat una mala època...

–Va morir davant teu i estàs afectada... volies donar-li una oportunitat –va resumir l'enginyer fent una anàlisi compassiva amb tots dos.

La Nina només havia fet un parell de mossades a l'entrepà de pernil dolç i ell encara no havia ni tastat el cafè. Van deixar que correguessin uns quants minuts mentre s'acabaven les consumicions fins que la infermera, desesperada per treure's del cap la idea de besar-lo, va tornar a abandonar la sensatesa acordada.

15

–Per què s'inventaria algú una història com aquesta? –va dir en veu alta manifestant els dubtes que, malgrat tot, seguien corsecant-la.

El Marc va estar temptat de dir que hi havia molta gent trastocada, però no era el que pensava. La plaga era la soledat.

–Et vaig a buscar el croissant –va decidir posant-se dempeus.

Era obvi que la Nina no es podia empassar l'entrepà, i l'enginyer necessitava una petita pausa lluny d'ella. Li va portar la pasta i la dona va començar a pessigar-la com un pardal per entretenir-se en comptes de menjar. De seguida, es va llepar els dits per agafar el seu sant grial.

–Com pot algú fer una meravella així? Per a què? –es va preguntar dipositant la carpeta sobre la taula.

L'enginyer va sospirar amb paciència per enèsima vegada alhora que consultava el seu rellotge. Ja eren gairebé les deu tocades i ella continuava sense cedir. Perdria el tren que parava a Gràcia a tres quarts de dotze –havia de portar la moto al taller d'un amic abans de marxar– si no ho tallava d'una vegada, però costava esquivar aquells ulls tan blaus.

La Nina va treure la fotografia de la carpeta i es va deixar endur per la passió.

–Mira-la una vegada més –li va pregar acaronant la imatge dels dos personatges–. A tu et sembla una fotografia falsa o trucada? És perfecta! –va emfatitzar.

A casa hi tenia dotzenes de fotografies familiars dels anys trenta; el mateix perfum de paper vell, el color esllanguit, la textura del pas del temps.

L'enginyer va tornar a agafar aquella presumpta prova irrefutable. Ell també se l'havia mirada i remirada durant la nit. Tenia un petit escrit: «Nastàs i Carles, 1933», i estava feta en un estudi fotogràfic del carrer Fontanella fundat l'any 1915 que duia el nom del precursor del sisè art i que una dècada més tard havia obert una sucursal a Reus. Ell havia crescut acompanyant la seva mare a revelar els rodets al Niepce de la plaça Prim de la seva ciutat. Havia de ser, precisament, aquell estudi tan emblemàtic. Per tant, des del principi havia sentit un nexe especial amb aquella imatge de tons sèpia que tenia el revers de targeta postal –amb les dades de l'establiment incloses com una magnífica publicitat– per poder enviar-la a parents i amics, com s'estilava en aquells dies. Li costava acceptar-ho, però les dues casualitats, l'extraordinària semblança de la Nina amb l'actriu predilecta del seu avi i la fotografia feta tot just a cal Niepce, el pertorbaven molt. Havia de fer un esforç immens per pensar amb objectivitat.

–D'acord, posem que és una fotografia autèntica de 1933 feta al carrer Fontanella, on hi ha una dona d'uns trenta anys que s'assembla molt a l'Anastàsia Romanova que apareix a les últimes fotografies que li van fer, i que tu has vist a través... del mòbil? –va preguntar de manera incisiva per posar-la entre l'espasa i la paret. Després, va bromejar obertament–: Una prova indiscutible de la seva reaparició a Catalunya, a quatre mil quilòmetres dels Urals.

–I el fet que es digués Nastàs? –va objectar la noia alçant la fotografia i assenyalant amb determinació aquelles lletres escrites a la cara contrària. De seguida es va fer una idea de la impressió que aquell gest tan teatral devia haver causat a l'enginyer–. He semblat una guillada, no?

Ell es va quedar parat un segon i tot seguit es va posar a riure.

–Guillada és poc!

–I si va venir amb un grup de turistes japonesos? –va afegir la Nina, rient per contagi i burlant-se encara més de si mateixa.

Però ja no podien mirar-se aquells esdeveniments fredament. Els Romanov havien deixat de ser un parell de pàgines de l'enciclopèdia i unes figures tètriques llunyanes, planes i petrificades com les pintures dels museus. Tenien tres dimensions i els podien veure al seu voltant: ballant, conversant, patinant sobre el gel dels hiverns a Sant Petersburg... plens de somnis, com tothom. Estaven vius i ja no se'ls traurien de damunt.

Quan ell va acabar de riure, la infermera va tornar a carregar-se de raons.

–Vinga, Marc, de debò–va implorar–, tu no penses que tot això de les proves d'ADN pot ser una cortina de fum o que es podria haver comès algun error? I si només van voler tancar el tema? Quan hem sabut tota la veritat sobre un esdeveniment? Governs, experts, funcionaris... tots poden mentir per interessos. He llegit que el mateix Lenin va fer destruir tots els documents que el poguessin relacionar amb l'ordre d'assassinar els Romanov per esborrar qualsevol vinculació amb el magnicidi. Hi ha hagut ocultacions, confusions i rumors contradictoris des del principi...

–Però per què tant d'interès a saber si els documents són certs o no? Què en trauràs? –va protestar ell–. T'has compromès a destruir-los

–Necessito saber-ho –va mentir, perquè en realitat ja estava convençuda que eren autèntics, i va insistir–: Tu no? De debò no tens curiositat?

–Si hagués de destruir-los igualment, més aviat preferiria ignorar-ho –va sostenir ell amb franquesa.

–Doncs jo no puc evitar donar-hi mil voltes.

–D'acord, tu guanyes –va anunciar el Marc, vençut–. Si t'ensenyo una cosa, et començarà a rodar el cap com si estiguessis posseïda? –va bromejar al·ludint a la cèlebre escena de l'exorcisme cinematogràfic més evocat de la història.

–Et prometo que no –va garantir-li ella posant-se la mà al cor, expectant.

L'enginyer es va treure el mòbil de la butxaca i va buscar un enllaç al seu historial de cerques de les darreres hores.

–Llegeix això.

Es tractava d'un article publicat a *El País* el 10 de febrer de 1980 signat per Miguel Asiain:

> Resulta difícil entender cómo, durante los sesenta años que siguieron a la Revolución soviética, la versión de la matanza de la familia imperial rusa en Ekaterimburgo, en la noche del 16 al 17 de julio de 1918, ha tenido fuerza de ley absoluta. En Ekaterimburgo murieron, sí, el zar Nicolás II y su hijo, el zarevich Alexei, pero sobrevivieron la zarina Alexandra y sus cuatro hijas, en contra de lo que hicieron creer los rusos blancos, cuyo montaje se ha impuesto hasta ahora a la «historia oficial», por lo que habrá que corregir, en el curso de los próximos años, millones de ejemplares de diccionarios, libros de historia y anuarios de genealogía. [...] El misterio, al respecto, es la conspiración de silencio que mantuvieron los que *sabían*, desde los miembros de diversas familias reinantes de Europa, hasta las propias interesadas. La única explicación, hasta ahora, sería que la emperatriz y sus hijas, tras su salida de Rusia, no sólo se escondieron bajo identidades falsas, sino que pidieron silencio a todos cuantos sabían de su existencia, fuese por miedo o como consecuencia de un pacto del que dependiese su vida. [...] La verdad sólo se ha hecho camino hace pocos años, cuando dos periodistas británicos,

Anthony Summers y Tom Mangold, publicaron, en 1976, su libro *The file on the Tsar* (Víctor Gollancz Ltd., Londres). [...] Ese libro fue una aportación fundamental, basada en una investigación llevada a cabo durante cinco años, que ha puesto de relieve cómo se hizo el montaje –por los rusos blancos, no por los soviéticos– del mito de la matanza colectiva de la familia imperial en Ekaterimburgo. [...] Resumiendo: puede decirse que el libro demuestra que la zarina y sus hijas vivían todavía, varios meses después de la fecha «oficial» de la muerte de «toda» la familia imperial, en la ciudad de Perm, y que lo sabían tanto Alfonso XIII como el papa Benedicto XV. [...] Además, se informó entonces que la gran duquesa María había dejado un testamento ológrafo, con revelaciones sobre su identidad que no podían publicarse hasta ahora, y que tenía descendencia legítima, a la que correspondería la herencia dinástica de los Romanov. [...]

16

–Quieta –la va advertir el Marc mentre recuperava el seu mòbil.

Semblava que la infermera estigués a punt de posar-se a ballar al mig del local. Aquell article basat en un llibre d'investigació donava ales al seu discurs, encara que pogués ser un altre reguitzell de dades convenientment combinades i d'especulacions maquillades per semblar fets. Sempre hi havia una versió oficial i, a més o menys distància, la veritat.

–La fotografia no és concloent, hi estic d'acord –va acceptar la Nina deixant el plat amb el croissant a la cadira i obrint la carpeta de bat a bat–. Però si aquestes dues pàgines escrites pel pare del senyor Armengol l'any 35 poc després de morir ella són autèntiques i aquesta carta de la tsarina està escrita el juny de 1918, com diu la data, és tot cert! –va exclamar assenyalant-ne l'encapçalament, escrit a mà.

–Això és fàcil d'arreglar –va valorar l'enginyer amb ganes de tancar el tema–. Busca una persona que hi entengui.

–Però llavors... ho sabrà algú més que jo.

–Ja ho sap algú més que tu –va ironitzar referint-se a ell mateix.

–Això no ho he pogut evitar, però no em puc arriscar més –va manifestar, capficada.

–Si és tot fals, no t'importarà.

Ell havia fet una simple regla de tres.

–Però… si és veritat.

–Podries intentar que fessin proves d'ADN de la sang que hi ha a la carta, però seria molt més llarg i complicat. Per començar, és més fàcil fer datar la fotografia sense explicar-ne res. Tampoc no crec que sospiti ningú –va ironitzar.

La infermera va somriure alhora que apuntava una possible solució que ella mateixa va desmuntar ràpidament.

–Tinc un cosí que és historiador i treballa d'arxivista a l'Arxiu Nacional de Catalunya, però avui no puc fer res... és dissabte i la vigília de Nadal –va evidenciar, desmoralitzada.

Com s'ho faria per esperar fins després de Sant Esteve? I, més enllà, on s'amagaria mentre existís el risc que l'individu del Walden fos una amenaça?

–Em vaig a buscar un altre cafè –va resoldre el Marc amb l'objectiu de tenir un minut més per pensar sense sentir-se pressionat pels silencis de la noia, encara més eloqüents que les seves paraules, menades per la urgència de respostes.

Havia après que no li convenien les amistats d'un altre nivell social i econòmic, però la Nina era l'antagonista de la seva dona i el seu entorn de pedants. Se la imaginava sola al pis de la Mercè o vagant per la ciutat sense atrevir-se a tornar a casa, obsessionada amb aquell material i sense recórrer a ningú. No li costava gens agafar el tren a la tarda i fer-li de guardaespatlles unes hores més. Només li quedava resoldre un problema: tenia ganes d'abraçar-la contínuament, i haver-se de reprimir li provocava un dolor gairebé físic.

Va tornar amb la segona tassa de cafè.

–Prova-ho. Truca al teu cosí.

–Seria millor que no truqués des del meu telèfon. A més, tinc molt poca bateria –va apuntar amb el cap baix, com un gosset abandonat.

L'enginyer va somriure amb flegma en comprovar que seguia aficionada a les teories de la conspiració.

–Té el meu.

Ella va agafar el mòbil amb els ulls violeta il·luminats, oblidant que estava massa cansada per embarcar-se en una nova aventura. Haver dormit més de set hores seguides no arreglava el seu mal però era un bon començament, i tenia el còmplice que necessitava.

17

La Nina ja no era la mena de persona que acceptaria una possibilitat tan inversemblant sense presentar batalla. La seva racionalitat havia estat en pugna amb la probabilitat, entre un milió, que aquella història fos veritat. No obstant això, si es partia de la hipòtesi que Anastàsia havia sobreviscut, per què no podia, per les forces de l'atzar, haver acabat els seus dies a Barcelona? Passaven coses increïbles contínuament, i tenia sentit que ella i el seu salvador s'haguessin ocultat en un lloc prou distant i imprevisible, una gran ciutat on poguessin passat desapercebuts i amb un idioma similar al francès, en el qual ella s'havia educat. En Dmitri Voroviov podria haver recorregut els principals ports de la regió, com Gènova, Marsella, i, seguint una ruta lògica, haver acabat a Barcelona. Eren llocs de pas on era fàcil trobar feina de camàlic i s'hi barrejaven tota mena de llengües i persones. La majoria anaven i venien i no es fixaven gaire en ningú. Per què no creure's aquella història, extraordinària però tan ben teixida i seductora com una llaminadura? Qui perdria el temps a inventar-se tal cosa i, sobretot, com podia algú corrent que no fos la mateixa filla del tsar o una persona molt propera a ella saber detalls del món hermètic i estratosfèric d'una altesa imperial russa a principis del segle xx, com ara que tenia galindons des de petita o que a la família l'anomenaven *shvíbzik*? Aquestes informacions, la Nina les havia corroborat cercant-les a internet i procedien de més d'una font. L'any 1935, quan estava datat aquell breu inventari de records escrit pel Delfí Armengol després de la pèrdua de la seva estimada, no hi havia internet ni altres formes d'accedir a la informació amb facilitat. Com era possible que un fuster de les drassanes conegués aquelles coses i les hagués escrit en un paper? Altres suplantadores havien buscat notorietat, però ni ella ni els Armengol, pare i fill, no havien fet públic aquell material ni havien tret cap partit de la suposada fabulació. Podia haver estat per por a les burles, per estalviar-se perills o, encara més senzill, per respectar la voluntat d'Anastàsia. Probablement, no havien dit res perquè es tractava d'un tema familiar que només els importava a ells, relacionat amb la privacitat i els secrets de les persones que s'estimaven de manera incondicional.

–Hola, Pep. Soc la Nina.

–Quina Nina?

–La Nina Romeu, qui he de ser?

–T'has canviat el mòbil.

–Tinc poca bateria, és el d'un amic.

–Vaja... la desapareguda.

Les actituds del seu cosí sempre es movien entre la superioritat i una mena de decepció; el seu to queixós es devia al fet que es considerava el centre de l'univers i li costava assimilar que no acaparava tota l'atenció. La Nina mai no havia aconseguit tenir-li cap afecte i era la primera persona amb qui havia tallat les amarres. Ja no calia que passessin junts el Nadal ni les vacances d'estiu a Sitges, com solien fer les dues famílies juntament amb altres Romeu. No era perquè fos un impertinent que li enganxava xiclets als cabells quan era petita, que mai no la defensés quan sorgia algun conflicte amb altres nens o que a la Cristina, que encara era més grassoneta que ella, l'anomenés «Focatina». Era el fet que tingués una ànima mesquina i envejosa per naturalesa. En créixer no havia millorat, tan sols havia suavitzat les maneres i havia desenvolupat variants més subtils de crueltat fins a convertir-se en una còpia del seu pare. Feia anys que ella i el seu cosí mantenien una diplomàtica guerra freda feta de menyspreus tàcits i indiferències mútues sota l'aparença de familiaritat. Com en la majoria de relacions de parentesc no desitjades, cap dels dos no havia creuat mai la frontera dels mínims socialment acceptables. Al contrari, s'havien esmerçat a mostrar-se curosament cordials i distesos, com fan totes les persones educades que no se suporten.

–Com va tot, Pep?

–A mi molt bé. I a tu?

–T'he de demanar un favor. Ets per Barcelona?

–On vols que sigui?

–Aquest amic meu ha trobat una fotografia familiar antiga i la vol regalar a la seva àvia per Nadal, però no està segur que sigui autèntica. El seu germà era dissenyador gràfic i es veu que feia molts muntatges amb documents dels seus avis.

–I no l'hi pot preguntar a ell?

–Va morir fa dos mesos, el va atropellar un autobús a la Diagonal.

L'enginyer va mirar la infermera astorat mentre li adreçava un retret en veu baixa. La Nina havia pogut llegir als seus llavis la frase «T'has passat», però va fer una ganyota de circumstàncies per demanar-li que hi confiés. La falsedat i les exageracions eren la millor forma de deshumanitzar l'altra part, un llenguatge comú entre ella i el seu cosí des de feia molt de temps.

–No fotis que el va atropellar un autobús? –va repetir l'arxivista amb una dicció també impostada–. Caram, caram.

–Ho estan passant força malament i l'àvia està molt fumuda, potser no arribarà ni a Cap d'Any. Podem quedar un moment i t'ensenyo la foto?

Es va fer un llarg silenci.

–Té nassos que em truquis la vigília de Nadal per demanar-me un favor quan no has comparegut mai més. Ni casaments, ni comunions, ni enterraments. Ho saps, que em van operar els dos genolls l'any passat? –va somicar.

–Va, cosinet, no siguis així. No he estat d'humor... El temps passa tan ràpid. Tu tampoc no m'has trucat ni una vegada –va lamentar, seguint la formalitat de pretendre que havien perdut el contacte sense voler.

–No sóc de trucar, ja em coneixes.

–Quedem un moment, Pep, sisplau. Tu et dediques a aquestes coses.

Ella sabia que li agradaria sentir-la suplicar i que mai no l'enganyaria amb els documents. La vanitat no li permetria el descrèdit d'haver-li donat un veredicte equivocat.

–Jo soc arxivista, però mira que tens sort, perquè estic esmorzant al Cafè Vienès de la Casa Fuster amb un parell d'antics companys de la facultat i també s'ha presentat un professor que és pèrit cal·lígraf judicial. Espera't, que li pregunto si hi podria fer un cop d'ull...

La Nina va quedar en suspens durant trenta segons mentre escoltava el so ambiental de la cafeteria i, de més a prop, la conversa entre el seu cosí i el pèrit.

–T'ho pot mirar, però vine disparada. Ha de marxar abans de dos quarts de onze.

–És mal dia, ja ho sé. Vinc de seguida, moltes gràcies!

–Fins ara.

La dona va penjar el telèfon amb una rialla de triomf total, inesperat.

–Està esmorzant al passeig de Gràcia, a la Casa Fuster, amb un pèrit cal·lígraf! –va exclamar–. És un idiota però m'ha dit que li puc portar la fotografia!

–Tothom que et diu alguna cosa que no t'agrada és un idiota? –va apreciar el Marc.

–Me n'hi vaig –va manifestar, sense respondre al comentari

propi de la *finezza* habitual de l'enginyer. Al seu costat sempre volaven els punyals, però la majoria de vegades tenia raó.

–Vols que t'hi porti?

La infermera va quedar muda. Feia mitja hora que es preparava per separar-se d'ell i no tornar a veure'l mai més. No recordava haver-se acostumat tan ràpid a ningú en trenta-quatre anys ni enyorar una persona que encara no havia marxat. De sobte, trobava a faltar coses que mai no havia tingut.

–Vols que t'hi porti o no?

–Sí, és clar –va articular, per fi.

No hi havia res que desitgés més.

–Doncs, anem –va decretar aixecant-se de la cadira i agafant el seu anorac per treure'n la cartera.

–Ja pago jo l'esmorzar, tu només has pres cafè.

–Ni parlar-ne.

A jutjar pel seu to, valia més no insistir, i va permetre que pagués ell. Al carrer també es respirava el Nadal arreu, amb molta gent amunt i avall, bosses plenes de menjar i regals i quitxalla aprofitant les vacances escolars. Aquella atmosfera era contagiosa fins i tot per a aquells que en renegaven, i ningú no es podia resistir als seus efectes. Eren dates que podien alegrar-te o entristir-te però que removien tothom. La majoria de persones mudaven l'expressió i estaven més disteses per uns quants dies, i alguns inclús s'atrevien a somriure a desconeguts. Els més privilegiats sentien l'esperit del Nadal amb una intensitat que mai no era nova ni sobrevinguda, l'esperaven amb candeletes com feia ella abans.

Abans que baixessin la rampa de l'aparcament, una adolescent amb rastes –que passejava un gran danès– va cridar l'enginyer des de l'altra vorera fent girar tothom en un radi de trenta metres.

–Marc! Bon Nadal!

Ell només li va correspondre aixecant el braç per no contribuir a l'espectacle públic.

–Anirem en moto, si no et fa res. La Blanca s'ha quedat el cotxe.

Ho havia dit amb una naturalitat glacial, que demostrava el trencament de qualsevol possibilitat de reconciliació amb ella.

–No he pujat a una moto des de l'època que estudiava econòmiques –el va advertir la Nina amb certa inquietud.

–Econòmiques? No havies fet infermeria?

–Això va ser després de morir els meus pares. Primer vaig estudiar econòmiques per fer-los contents, però no m'agradava gens.

La moto estava aparcada al costat del BMW de la Mercè Feliu, aprofitant una columna que deixava lliure un bon espai. La Nina va pensar que devia estar molt unit a la seva tieta i que devia passar força temps en aquella casa, si el coneixia tot el veïnat i inclús tenia el comandament de la porta automàtica.

Sobre la moto hi havia dos cascs –també havia pres el de la seva dona, que ja no el necessitaria– amb uns guants de pell a dins. Mentre ell es treia les claus de la butxaca de l'anorac, va pronunciar una frase demolidora, com si tornés a estar molest per algun motiu.

–Que manipuladora ets.

Es referia a la història que la Nina havia fabricat per persuadir el seu cosí, però era obvi que la situació ho justificava. Aquella arremesa no hauria d'haver anat dirigida a ella.

–Em sembla que no soc jo, la més manipuladora ni mentidera que hi ha aquí.

–Què intentes dir?

Semblava una discussió pròpia d'un matrimoni mal avingut, i tots dos van decidir no continuar-la. Van aparentar normalitat mentre ell treia uns altres guants del cofre de la moto, però ningú no es resisteix a una bona discussió. La Nina no era tan pueril per creure sense cap reserva que havia ensopegat, justament, amb un home que sempre complia les seves promeses.

–M'he d'empassar que tu no has estat mai infidel? Ni amb la vampiressa del bòtox que té un regalet de Nadal per a tu? –va insinuar amb ironia, i va afegir com qui no vol la cosa–: Agrades massa a les dones...

L'enginyer es va girar per respondre a les seves acusacions, però primer li va clavar les pupil·les com si estigués acomplexat.

–Ho has dit com si hi hagués una categoria general de dones i tu estiguessis en un grup més selecte.

–Ves per on, m'havia inclòs a la categoria general! –li va etzibar.

Aquella afirmació no havia estat la revenja dialèctica que la Nina pretenia. Havia saltat abans de pensar, però ell es va fer el desentès i va anar directe a contestar la pregunta taxativament.

–Si volgués estar en altres llits no m'hauria casat –va fer, i va afegir–: Jo respecto els meus compromisos. –Tot seguit, va rebaixar la tensió amb una broma–. Menys quan m'adormo al massatgista, evidentment.

La infermera no va poder ni somriure. Semblava tan vulnerable que ell va agafar un dels cascs per passar pàgina de pressa.

–Te'l saps posar? Ja ho faré jo.

L'hi va col·locar amb delicadesa i va deixar que la dona l'ajustés al seu gust mentre ell també s'equipava.

–Té, uns guants per a tu.

La Nina se'ls va posar per no tornar a discutir amb ell. Eren massa grans però es podien lligar prou bé. Un cop junts dalt de l'Honda NC 700 de color negre, l'enginyer va encendre el motor, fent que el soroll i l'olor de benzina tapessin els sentiments desbordats de tots dos. L'aire gèlid del desembre i els deu minuts de trajecte calmarien la tempesta momentània.

Abans de pujar la rampa, va afluixar el gas un moment perquè ella pogués sentir-lo.

–Agafa'm més fort o et perdré pel camí –li va aconsellar.

18

Els aparadors plens de llums s'anaven succeint com el paradigma de la prosperitat; li recordaven quan ella també passava el 24 de desembre buscant regals de darrera hora. Havia oblidat aquella sensació de ser capaç de tot. Volant pels carrers dalt d'una moto escortada per un home contundent que afluixava els genolls a qualsevol, va trobar a faltar la Nina d'abans, que podria haver-lo conquistat. Es va deixar portar pels impulsos un moment i va recolzar el cap sobre la seva esquena, que era com la porta del cel. La ciutat s'estenia sota les rodes com una catifa vermella; tanmateix, havia de concentrar-se només en la seva bossa, que contenia uns documents inquietants que potser aviat quedarien en no res, i estar-se de romanços passatgers. Aquella coalició impensable, obligada pels esdeveniments, duraria tant com el miratge d'Anastàsia. L'estela de la gran duquessa estava a punt d'esvair-se, igual que el Marc Santacana s'esfumaria de la seva vida per agafar el pròxim tren a Reus.

Ell va pujar a la vorera amb la moto a pocs metres de l'hotel de gran luxe ubicat a la Casa Fuster, l'espectacular obra pòstuma de Domènech i Montaner que corona el barri de l'Eixample. La Nina va observar un instant aquell monument modernista per prendre embranzida i va baixar tan àgilment com va poder.

–Dona'm el casc –li va indicar l'enginyer mentre l'ajudava a treure-se'l.

Després, es va desfer del seu mentre es preparava perquè el porter uniformat de l'hotel li cridés l'atenció, però l'home estava ocupat donant indicacions a uns clients. Quan va fer el típic moviment amb el cap per airejar-se els cabells, ella va tenir un atac d'ambigüitat.

–No sé… si fer-ho –va titubejar mentre li tornava els guants i envoltava la bossa amb els braços.

No volia descobrir una probable veritat anunciada i que tot s'acabés.

–Ensenya-li també el segon full de dietari.

L'enginyer hi havia estat pensant des que havien sortit del garatge per evitar escalfar-se el cap amb altres coses mentre duia la infermera subjectada al seu cos. En aquell segon full només hi havia la signatura del Delfí Armengol i el petit dibuix que havia fet de la seva enamorada acompanyat de quatre paraules d'amor, però podia ser suficient per datar-ne la tinta o el carbonet i el paper. Ningú no podia relacionar-ho amb la gran duquessa ni amb els Romanov, i tampoc no es donava cap pista que pogués relacionar-se amb ells. A més, a qui se li acudiria sospitar que tenia davant un esbós del rostre de la presumpta Anastàsia Nikolaevna fet per un fuster de les drassanes que hauria estat, a tots els efectes, el seu marit?

–Vols dir que li ensenyi també el dibuix del Delfí Armengol? –va preguntar ella, atabalada.

–Això mateix, va –la va esperonar–. A veure si tot plegat li sembla autèntic.

Acabava de sortir un individu de l'hotel –vora la quarantena, ulleres de pasta, barba *hipster*– i avançava decidit en aquella direcció.

En Pep Villarroel va mirar detingudament la seva cosina. Sempre havia estat massa inofensiva per alimentar la seva ràbia en estat pur, però tenia uns ulls irrepetibles que la salvaven de la mediocritat. Si tenies aquell aspecte no podies ser mai una persona corrent per més que, com la Nina, t'hi esforcessis contínuament. Allò malbaratava la indulgència que hauria pogut sentir per ella i ho descompensava tot. La Cristina i l'Agustina, optimistes per educació i naturalesa, amb uns pares adorables, vivien dins una bombolla que ell sempre havia desitjat que esclatés. Però, quan s'havien curat de la malaltia de la innocència, no havia pogut delectar-s'hi tant com esperava. Una havia marxat del país poc després, i a l'altra no l'havia vist mai més. Sabia que s'havia convertit en una ànima en pena i que havia acabat d'infermera a la Vall d'Hebron. Encara estava atrinxerada a l'edifici heretat dels seus avis al Raval, com la clàssica solterona resistent. Ni tan sols havia intentat viure d'una forma disbauxada per ofegar la tristesa o esfumar-se com la seva germana: s'arrossegava per Barcelona com si no existís ningú més infortunat sobre la Terra. Havia confiat que dugués els drames gravats a la cara, que les pupil·les enlluernadores se li haguessin descolorit i que hagués deixat de tenir un cos graciós per emular la seva germana, inexcusablement obesa. En canvi, acabava de descobrir que era exactament la mateixa de l'últim estiu junts a Sitges, com si la mort del seus pares poc després l'hagués congelada en el temps. Anava despentinada i mal vestida, però no havia canviat gens.

–Som-hi, Nina! Que és a punt de marxar! –va cridar mentre l'atrapava, sense descuidar-se de fer-li un parell de petons protocol·laris.

Tot seguit, va allargar el braç per encaixar la mà del motorista, i el va repassar de dalt a baix sense dissimular mentre la Nina l'observava a ell amb certa perplexitat, perquè no solia ser tan matusser.

–Pep Villaroel –es va presentar sense deixar de mirar l'enginyer com si hagués vist una aparició.

–Marc.

–Molt maca la moto.

L'enginyer es va mostrar indiferent a l'actitud poc heterodoxa del seu interlocutor i es va adreçar a la dona pacíficament.

–Aparco i t'espero per aquí fora.

–D'acord, gràcies –va pronunciar amb el rostre moix, com si la portessin al patíbul.

L'arxivista la va empènyer fins a l'interior de l'hotel Casa Fuster mentre anava criticant a tort i a dret, com havia fet sempre:

–Tu no diguis res, ja parlaré jo. És un paio raret –va emfatitzar, visiblement nerviós–. Es veu que ell i l'Oriol, el meu col·lega, estan junts des de fa una temporada. Ja podia buscar-se algú que no necessités viagra... I aquest tio que t'ha portat? Quina mena d'amiguets tens! –va subratllar amb una suspicàcia estudiada, i va opinar–: Sembla un narcotraficant colombià.

Havia estat la seva forma de justificar un comportament poc elegant, atès que generalment tenia unes maneres exquisides que constituïen la seva millor maniobra de distracció.

–No has dit res de mi –li va fer notar ella, alarmada per haver deixat de ser la diana del seu cosí. Devia haver caigut molt avall perquè no valgués la pena ni esbudellar-la.

–Perquè estàs igual –va sostenir amb sinceritat.

A pesar dels anys, continuaven sent els mateixos.

Entre les frases escrites pel Delfí Armengol, la que més agradava a la infermera era la que explicava d'una forma maldestra però colpidora que Anastàsia assegurava haver estat una noia molt alegre fins que la desgràcia havia caigut sobre ella. Anys més tard, quan havia mort el Dmitri Voroviov, devia haver perdut la darrera baula que la lligava al seu món del passat. El seu idolatrat Dmitri, el soldat que l'havia arrabassada de la mort, era l'única prova que tot allò havia succeït i que ella era realment Anastàsia Nikolaevna Romanova, de manera que, un cop desaparegut el seu testimoni, ella mateixa devia dubtar que no fos tot un pervers i confús producte de la seva imaginació.

Completament sola en un país estranger, era fàcil entendre que hagués deixat de parlar pel temor constant de ser descoberta. La pitjor compassió que experimentava la Nina per aquella dona tan desgraciada era que, probablement, s'havia deixat estimar pel fuster de les drassanes per tenir casa i protecció. Devia estar-li agraïda, i de segur que havia arribat a apreciar-lo, però potser no pas com ell hauria volgut, i la infermera no podia imaginar una dissort més anònima i silenciosa que la de totes les dones, pretèrites i actuals, unides a un home per obligació o necessitat. No és una dissort comparable al magnicidi dels Romanov ni a cap gran drama shakespearià o a cap òpera de Puccini. Sense la sonoritat grandiosa de les desgràcies èpiques, només és una petita, imperceptible i trista balada quotidiana que et va deixant sense ni ombra.

Si intentava no ser egoista per un instant, en el fons sabia que era millor que la petita de les duquesses imperials hagués mort amb la seva família al soterrani de la casa Ipàtiev i que el seu sofriment s'acabés d'una vegada. Tanmateix, desitjava amb tota l'ànima que aquells documents fossin autèntics, a pesar que es tractés d'un llegat enverinat, per dos motius immensament poderosos. El primer, arribar a creure que l'accident dels seus pares, que havia provocat la concatenació de fets que l'havien dut a la Vall d'Hebron, tenia alguna mena de significat còsmic. El segon, quedar unida per sempre, d'alguna forma, a l'home que havia conegut el vespre anterior al pis de la Mercè.

19

La Nina no havia estat mai aprensiva ni una poruga patològica, i darrerament havia descobert que tampoc no era de la mena de persones que la por paralitza en comptes d'activar. Malgrat tot, quan va sortir al carrer amb el seu cosí tornava a tenir calfreds i una enclusa sobre les espatlles. En veure-li la cara desfigurada, l'enginyer va saber que la resposta del pèrit cal·lígraf significava la fi del misteri d'Anastàsia i el principi d'una commoció. Estava molt content que ella ja tingués la seva veritat, i estava convençut que aquell gir en la seva vida, més enllà dels turments morals que li suposaria, la curaria de la desesperança per a sempre.

Estava assegut en un banc del carrer Gran de Gràcia, a poca distància dels finestrals de l'exclusiu Cafè Vienès de l'hotel, i es va posar dret per rebre'ls a tots dos. Havia vist com els quatre homes del grup s'acomiadaven i se separaven cadascú en una direcció mentre la infermera i el seu cosí anaven a reunir-se amb ell.

–La foto i el dibuix són teus, no? –va endevinar en Pep dirigint-se-li amb un somrís molt diplomàtic. Es notava que s'esforçava per corregir la seva conducta anterior–. Pots estar tranquil, ha dit que està feta aquells anys, i el dibuix també. Es poden fer proves químiques però jo hi poso la mà al foc, és un dels millors experts a datar documents. Us quedeu per aquí? Podem fer un cafè tots tres, si voleu.

El Marc va agafar el braç de la infermera amb suavitat però determinat a prendre-la d'allí. No era un bon moment per a una conversa trivial amb un individu que estava ostensiblement incòmode malgrat els seus intents de dissimular-ho.

–Hem de marxar, ja fem tard –es va excusar també en nom d'ella–. Gràcies per tot.

La Nina va donar la carpeta a l'enginyer en un acte instintiu i va fer dos petons d'adeu al seu cosí. Estava pàl·lida i semblava desorientada des que el pèrit havia emès la seva sentència favorable a l'autenticitat de la fotografia i el dibuix.

–No m'ho has dit, que tinguessis tard. Et trobes bé?

–Moltes gràcies, de veritat. Bon Nadal –va pronunciar amb un filet de veu.

–De res, dona! Així ens hem vist després de tant de temps –va declarar amb una pàtina de nostàlgia. No hi volia insistir, però tenia un rictus de preocupació típic dels Romeu.

–Per cert, on passes les festes? No vas a Estocolm a casa la teva germana?

El Marc va començar a caminar enduent-se la infermera sense gaire subtilesa. Les preguntes de l'arxivista van quedar flotant a l'aire; ell semblava estupefacte perquè l'havien deixat plantat i amb la paraula a la boca després del favor.

Havia deixat l'Honda en un aparcament de motos que hi havia davant mateix de l'hotel. Va agafar els dos cascs i va trencar el silenci amb una pregunta:

–Què vols fer? Tornem a casa? A casa la Mercè, vull dir.

Ella va assentir fent una mirada de reüll al seu entorn. Tornava a actuar per inèrcia, perquè ningú no podia haver-los seguit fins allí.

–A casa en parlem –va determinar l'enginyer sense perdre més temps en postures.

El viatge de tornada va ser molt diferent de l'anterior, quan la Nina buscava certeses. Ara ja tenia el que volia, però, en realitat, no era el que esperava. Havia resat perquè fos veritat però no hi estava preparada. Ser la principal dipositària d'aquell fideïcomís era aclaparador, i per primera vegada l'enginyer semblava comprendre la seva angoixa, motivada per una responsabilitat insòlita.

Van arribar al garatge i va baixar de la moto perquè pogués aparcar al costat del BMW. Havia donat per fet que podia refiar-se d'ell –que qualsevol cosa estaria més ben resguardada a les seves mans–, però la situació havia canviat radicalment i va patir un curtcircuit al cervell. El Marc s'havia posat la carpeta dins l'anorac per fer el trajecte, i per un moment se'l va imaginar engegant l'Honda un altre cop i escapant-se amb uns documents que podien valdre milions, i convertir una vida corrent en una d'extraordinària.

–Em dones la carpeta? –li va pregar, després de deixar el seu casc a terra, com una autòmata guiada per una veu dins el seu cap.

L'enginyer també es va treure el casc –preparat per encabir la moto al costat de la columna– i la va mirar amb severitat.

–Ho dius de debò? –va preguntar per donar-li una oportunitat de retractar-se.

–Sí, de debò –va sostenir ella amb la mà estesa, demanant-li que s'afanyés.

Ell es va obrir la cremallera del gec i li va entregar la carpeta calmosament. La Nina la va agafar d'una revolada, com si estigués recuperant un fill robat. No sabia què pensava fer-ne, però era seva i només seva. Només a ella li corresponia decidir si complia la voluntat del senyor Armengol o es decantava per permetre una merescuda justícia històrica.

L'enginyer es va tornar a cordar la jaqueta.

–Adeu, Nina.

Fins que no el va veure posar-se el casc i donar gas, disposat a marxar, no va reaccionar. Només havia estat un trastorn momentani fruit de la pressió que tenia a les temples des del vespre anterior. Li feien tant de mal les cames que quasi no podia mantenir-se dreta i se li havia tapat una orella.

–Té la carpeta! –va exclamar, fent que s'aturés i intentant tornar-li els documents a manera de descàrrec.

Aquella vegada, l'enginyer no es va treure el casc, per si de cas, i només va aixecar-ne el frontal per veure amb nitidesa la fesomia de la disculpa. Durant cinc segons, les ninetes de l'un es van clavar en les de l'altre. Ella mostrava un penediment sincer, i l'enginyer no podia evitar compadir-la per tot el patiment que havia passat i pel que li quedava.

–És millor que no pugem junts.

–D'acord –va secundar-lo la Nina empassant-se els mocs.

Ell no va collir la carpeta, però va aparcar meticulosament entre la columna i el BMW. Havia estat temptat de desaparèixer, aprofitar aquella oportunitat d'or i oblidar-ho tot. No feia ni quinze hores que havia trobat la seva dona al llit amb un altre i ara començava el primer dia de la resta de la seva vida amb uns papers que cremaven i una infermera que havia dinamitat l'estabilitat que necessitava almenys durant una llarga temporada. Era un dement per no haver premut l'accelerador fins a Reus. En comptes d'això, va baixar i, després de deixar el casc sobre la moto, la va abraçar obeint els seus impulsos. No estava enfadat, perquè podia entendre els efectes de combinar la falta de son amb l'adrenalina i la incredulitat.

La Nina s'havia quedat rígida per la sorpresa, però ell encara li va fer un petó carinyós al front –que li feia olor de gomina d'home– abans de ser capaç de deixar-la lliure. Es penediria d'aquell acte improcedent, però no havia pogut contenir més la tendresa que el desbordava. Aquella dona se li havia ficat a la pell i al cor d'una manera fulminant, inexplicable. No obstant això, o precisament per això, no podia passar res entre ells, i no ho permetria.

Ràpidament, va buscar algun tema de conversa que alleugerís la tensió sexual que ell mateix havia provocat de manera involuntària.

–No vull semblar un cregut, però el teu cosí és hetero? –va preguntar amb un aire distret mentre dipositava els cascs sobre la moto i els guants al cofre.

–Per què ho dius? Perquè t'ha repassat? És idiota, Marc, ja t'havia avisat –li va recordar, mirant els mocs i quatre llàgrimes furtives que havia deixat a l'anorac de l'enginyer.

Mentre es recuperava de la impressió, intentava fingir naturalitat, igual que ell. Mai no l'havien abraçada d'aquella manera tan immensa i espontània, gairebé s'havia oblidat de respirar. Va fer-li una descripció del seu cosí intentant dissimular que li faltava l'alè.

–Sempre ha lligat molt, havia sortit amb tota mena de dones... Ara està casat amb una decoradora famoseta, però crec que només ho va fer perquè s'estava convertint en un bala perduda i temia que el seu pare el desheretés. El meu oncle és un ultraconservador obsessionat amb les aparences.

–Això sona a edat mitjana.

–Sembla impossible avui en dia però és cert. Pare i fill són igual d'hipòcrites –va afirmar.

El Marc va somriure però no va poder evitar la curiositat.

–I què t'ha dit de mi?

Estava segur que el Pep Villaroel no s'havia estalviat el seu dictamen de progre intel·lectual i ric.

–Que tens pinta de narcotraficant colombià.

–Podia ser pitjor –va valorar amb ironia.

–Sí –va confirmar ella i, coneixent la perfídia del seu parent, va recalcar–: podia ser molt pitjor!

–Puges per l'ascensor i jo per les escales?

Es van separar mentre la infermera pensava que li hauria agradat quedar-se per sempre dins aquella abraçada impossible de descriure amb paraules. Després d'haver tastat el que seria tenir al costat un home que pujava al cap més ràpid que el tequila encara se sentia més deprimida. Com suportaria tornar als seus dies patètics d'abans, morta d'avorriment? Havia passat el que més havia temut i desitjat alhora.

20

La prioritat de la Nina va ser estirar-se al sofà de vellut tigrat per superar el xiulet a les orelles i el fred que li havia calat els ossos dalt de la moto, perquè només duia la jaqueta de llana. Necessitava reposar, i es va endormiscar immediatament mentre girava dins un remolí de de sentiments inesperats i de temors revifats pels esdeveniments.

El seu cansament era endèmic, però el de l'enginyer només conjuntural. Aprofitant la quietud, va obrir la carpeta i va estendre la fotografia, la carta i els dos fulls manuscrits sobre la taula com si desplegués un mapa. El que més li cridava l'atenció era la mala sort que havia perseguit Nicolau Alexàndrovitx Romanov, un monarca que al segle XXI no hauria tingut altre ofici que estiuejar a la costa mediterrània, acudir a recepcions i deixar-se fotografiar per fans de l'aristocràcia i paparazzis. La feina més arriscada que li hauria tocat fer hauria estat botar algun vaixell de l'armada soviètica. Però la vida del Nicolau II nascut el 1868 va estar determinada, com la de tothom, per la seva època. Havent viscut sempre dins una torre de marfil, va ser cec i sord als canvis que s'estaven produint al seu voltant. El seu llinatge havia governat Rússia durant segles sense que canviés absolutament res i, de sobte, el món i les mentalitats van començar a transformar-se d'una forma imparable i el seu país va evolucionar més durant els primers anys del segle XX que en mil anys d'història. La revolució industrial, social i cultural va sacsejar un país d'estructures medievals que s'havia resistit als nombrosos canvis que ja havien sacsejat Europa, i com tots els despertars tardans, es va manifestar amb extraordinària virulència. Més enllà d'uns nous paradigmes inassumibles per a un home que devia estar íntimament convençut de ser intocable, el seu final també va venir marcat per dos mals auguris que per a un supersticiós són com el clic del percutor. El primer es va produir el dia de la seva coronació, als vint-i-sis anys. A causa de la mort per malaltia del seu pare, Alexei III, ell es va veure obligat a accedir al poder sense estar plenament preparat i amb un caràcter massa feble i passiu, segons els seus detractors, per liderar un imperi que abastava una vuitena part del món. La cerimònia va tenir lloc a la catedral de la Dormició del Kremlin de Moscou el 14 de maig de 1896, segons el calendari julià vigent a Rússia fins a la revolució –a partir de 1918 començarien a utilitzar el calendari gregorià–. Quinze dies després, el 30 de maig, es va celebrar una gran festa popular al camp de Khodinka, situat al nord-est de la ciutat, per on passa el riu d'aquest nom. A Khodinka hi havien tingut lloc grans episodis de la història russa, i el seu propi pare hi havia estat coronat. Però aquell camp tan extens també servia de base d'entrenament militar, i estava ple de trinxeres que es van cobrir per acollir els moscovites, que, atrets per la notícia que el tsar donaria regals als qui hi anessin, s'hi van congregar de forma multitudinària. Segons diverses fonts, el mig milió d'assistents –que feia hores que esperaven l'esdeveniment– van avançar en massa cap al punt on estava previst que Nicolau II entregués els presents, com ara menjar i recordatoris, i van provocar que cedís una rasa. Homes, dones i nens van caure dins el forat i es va produir una situació dantesca de crits i ferits que, a la vegada, motivà una allau humana. Centenars de persones contagiades per la histèria –algunes esgarrifades intentant no caure dins l'enorme clot– es trepitjaven les unes a les altres mentre xisclaven i els precs d'auxili ascendien des de la rasa. Més de mil persones van resultar ferides mentre la gran festa continuava, aliena a l'accident, i naixia la creença que el futur del nou tsar Romanov no presagiava res de bo. Des del començament, Nicolau II va patir la maledicció de l'època convulsa que li havia tocat en herència juntament amb una corona extremadament feixuga que, segurament, hauria preferit no haver de portar mai damunt del cap.

El Marc no podia evitar pensar que aquell individu reservat i amant de la vida domèstica que estava enamorat de la seva esposa i era un pare amatent –només un home com qualsevol altre– hauria donat el seu cognom il·lustre i el seu gran imperi mil·lenari a canvi de poder protegir la seva família. Alguns asseguraven que no s'havia escapat de Rússia per la seva falta d'iniciativa i el seu autisme voluntari, però la majoria mantenien que ho havia fet per amor al seu país i per demostrar que no abandonaria la seva gent. No podia treure's del cap la desesperació que devia haver sentit veient la seva esposa i els seus fills empresonats a l'últim pis de la casa d'Ipàtiev i sospitant el final que els esperava. Ni tot un tsar de Rússia, rei de Polònia i gran duc de Finlàndia –emparentat amb les principals monarquies europees, cap de les quals no va moure un dit per ajudar-lo– va poder canviar el seu terrible destí.

La infermera es va despertar cap a dos quarts d'una. Aquella mitja hora escassa no havia dormit profundament i sabia a la perfecció el punt on es trobaven. Va seure a poc a poc a la cadira del costat de l'enginyer fent un badall. El seu ànim tornava a estar dominat per l'angoixa, però aquesta vegada experimentava una angoixa més amorfa, com el record esmorteït d'una sensació extrema anterior, perquè hi havia una força més potent que ara acaparava els seus pensaments, encara enterbolits. Necessitava saber més sobre l'enginyer, saber-ho tot, mentre ella mateixa se sorprenia de la rapidesa gairebé sobrenatural amb la qual acabem adaptant-nos a les situacions més inaudites i desafiants, fins al punt que encara resulta més inquietant la nostra permeabilitat que la situació en si.

–Qui t'espera a Reus avui?

–Aquesta nit sopem tots a casa el meu germà i els meus nebots fan cagar el tió.

–I demà?

–Per Nadal dinem tots a casa dels meus pares.

–Quants germans tens?

–Dues germanes i un germà.

–I tu ets el gran –va endevinar. Els ulls que la miraven eren els de l'home patidor i sobreprotector que sempre s'havia sentit responsable dels seus germans–. La Cristina té tres anys més que jo i era ella la que sempre es cuidava de mi.

–Es nota.

Hi havia una diferència abismal entre aquelles dues posicions, i no s'equivocava quan atacava les seves concepcions de malcriada, però la infermera no va respondre a la crítica, com si estigués alienada. Només tenia més ganes d'acariciar-li els llavis, la cella partida pel mig, el cabell negre i saludable. A aquelles altures ja s'havia adonat que l'enginyer era la mena de persona que es preocupava per tothom, i no podia evitar preguntar-se qui es preocupava per en Marc Santacana. Inclús un home aparentment tan fort devia necessitar que algú s'ocupés d'ell.

–I de nebots, quants en tens? –li va preguntar amb un somrís permanent pintat a la cara.

–Tres, però encara són molt petits.

–Quina enveja –va dir amb el cor a la mà, i el va interrogar novament–. Encara viuen, els teus avis?

–Dos d'ells. Tu no en tens?

–No me'n queda cap.

–Ho sento.

–Una gran família... ets un home afortunat –va sospirar. Encara li quedava una altra curiositat–. Quants anys tens? Trenta?

–Al gener en faig trenta-dos.

–Jo trenta... quatre –va xiuxiuejar, com si fos una dona madura refractària a especificar la seva edat, i va prosseguir admirada–: Molts homes de trenta anys no saben ni qui és la Liz Taylor.

Només els vells i els cinèfils la comparaven amb aquella actriu símbol d'una era.

–De petit mirava moltes pel·lis amb el meu avi.

No tenia ganes de confessar-li que els millors moments els havia passat al costat del seu avi matern veient els clàssics d'abans però, sobretot, presenciant la forma com a ell li canviava el rostre quan contemplava aquells rostres glamurosos tan enyorats.

–Ara no es fan pel·lícules de veritat... –va lamentar la Nina melosament.

Divagava com una carrinclona nostàlgica, i semblava que ja no sabés què més dir o fer per complaure'l. Va aturar la vista en el trencaclosques que hi havia sobre la taula. Li hauria agradat poder congelar el temps i disposar d'una pròrroga infinita per prendre una decisió mantenint-lo a ell segrestat dins aquell pis.

–Quina hora és?

Com sempre, havia llançat el rellotge i les arracades dins la bossa.

–Prop de tres quarts d'una.

–Podem demanar dinar o et puc cuinar alguna cosa.

–També podries tocar la flauta japonesa.

–M'agrada molt cuinar. És un problema per a tu? –va preguntar, tornant de l'atonia.

–Així m'agrades més –va assegurar, sarcàstic–. Si et comportes com una geisha guillada em poses nerviós.

La personalitat irritant de l'enginyer havia estat el millor antídot per a la seva evasió momentània.

–Que llunàtic ets –va certificar, aixecant-se de la cadira per anar a fer un cop d'ull a la nevera.

Qualsevol mostra d'agraïment o amabilitat el feia saltar d'una forma automàtica, i encara no entenia per què sovint es comportava com un cínic quan, en el fons, ella ja havia comprovat que no ho era.

–Me'n vaig a buscar la teva medalla al Walden.

La Nina es va girar de cop.

–No –va objectar, quedant-se sense aire.

–Què tenies previst fer avui?

–Què vols dir? –va preguntar, desconcertada.

–Què havies de fer avui? Quins plans tenies?

Ella no estava segura de si respondre, però ell va insistir:

–Quins-plans-tenies? –va repetir paraula per paraula.

–Dormir... comprar vi per demà... preparar un pastís de peix per al sopar de Nadal d'aquesta nit a l'hospital. Avui també em toca fer el torn de vuit del vespre a vuit del matí.

–Fes-me una llista i et porto tot el que necessites per al pastís.

Coneixia millor el barri i, des que havia començat a sentir-se responsable de la Nina, preferia que ella no tornés a sortir al carrer fins que no recuperessin la medalla que s'havia descuidat al pis del seu pacient. La neurosi de la infermera amb l'individu que havia forçat la porta podia tenir fonaments si el senyor Armengol havia parlat dels documents amb algú més. Sobretot, si havia estat tan persuasiu i convincent com amb ella.

–No hi vagis –va implorar la Nina–. És millor trucar a la policia.

–Per dir-los què? –va preguntar ell, sarcàstic.

–Doncs no fem res! Oblidem la medalleta, segur que no la

trobarà ningú... I segur que aquell home no era perillós –va argumentar, horroritzada i caient en una òbvia contradicció: si la presència en aquell pis d'una medalla amb les seves dades no suposava cap risc, per a l'enginyer només seria un passeig anar fins al Walden per recuperar-la.

–Fes-me la llista. Mentre tu cuines com la Ruscalleda jo m'arribo al Walden –va bromejar ell amb normalitat.

Si estava preocupat per la possibilitat que es fessin realitat les pitjors previsions i es tractés d'un investigador rus darrere la pista d'Anastàsia, ella sabia que no ho demostraria mai.

–Ara qui parla com un guillat!

Havia intentat esborrar l'existència de la medalla del seu pensament, igual que havia après a mantenir la serenitat a pesar d'estar aterrida pel que passaria més endavant. Com en el cas dels malalts greus, l'histerisme i la desorientació inicials s'havien acabat transformant en un eficient blindatge mental per poder sobreviure.

21

El Marc va anar obrint els armaris de la cuina un per un i en va treure els estris que considerava adequats. Ella l'havia seguit, però s'havia quedat a la porta sense acabar d'entrar.

–El túrmix, una espàtula o com se'n digui. Aquest motlle de silicona va bé?

–No fas gràcia –li va dir la infermera–. I no penso fer cap pastís.

–I tant que el faràs.

Aquella vena autoritària resultava molt seductora, però no podia deixar-lo marxar. No tan sols sentia remordiment per haver-lo empès al precipici amb la coartada d'un deure amb la història, sinó que la motivació real havien estat els seus baixos interessos. Havia perseverat fins a aconseguir implicar-lo en aquella follia per l'avarícia de mantenir-lo al seu costat. No volia passar sola per allò, i s'havia aprofitat de la vulnerabilitat de l'enginyer i del delicat moment personal que travessava. Ell faria qualsevol cosa per demostrar que la seva dona s'havia equivocat canviant-lo per un altre i que es penediria d'haver-lo perdut. Havia utilitzat totes seves les armes –l'insomni, la mort dels seus pares, l'espant– per commoure'l.

–Apunta.

El Marc havia agafat la llibreteta amb un bolígraf enganxada amb un imant a la nevera i l'havia dipositat al taulell més proper a ella.

–Hi aniré vulguis o no –va sostenir, i li va fer una descripció detallada dels seus pròxims moviments–. T'agafaré les claus de la bossa, et lligaré a la cadira i t'aniré arrencant les ungles fins que em diguis el número de porta i el pis.

–Llàstima –va respondre la Nina amb el mateix to de broma–. Per un moment m'havia fet la il·lusió que pensessis arrencar-me...

Es va aturar, perquè anava a dir «la roba». Però no en sabia, de ser atrevida, i, a més, s'hauria posat en ridícul. Ell només devia veure-la com un cadell atropellat o una obra benèfica nadalenca. Estava convençuda que la tal Blanca era tan devoradora d'homes com la veïna amb bòtox als llavis. Els individus com ell, d'aspecte abrupte i mirada castigadora, sempre tenien les dones més fogoses i espectaculars.

El Marc va anar fins a la porta molt seriós. Havia mudat d'actitud completament, s'havia acabat fer broma.

–Arreglarem això i aquest vespre aniràs a treballar com si res, d'acord?

No deixava marge per a la rèplica, però ella necessitava fer només una reflexió que era l'essència d'aquell malson. No es tractava d'un problema –gravíssim però un problema, al capdavall– a solucionar i prou, seria una rèmora eterna.

–Ja mai res no serà igual, passi el que passi –va sentenciar a mitja veu, una altra vegada al llindar de la resistència física.

Encara que tot acabés bé i no existís la suposada amenaça, qualsevol decisió que prengués –en un sentit o altre– se la qüestionaria la resta de la seva vida, i l'espectre d'Anastàsia els acompanyaria en cada exhalació fins al darrer instant, com al senyor Armengol.

–Faré dos pastissos. Un per aquest vespre a l'hospital i un altre per quan tornis a dinar –li va anunciar la Nina mentre anotava tots els ingredients, procurant, atès el seu nivell d'alteració, no deixar-se'n cap.

L'enginyer va sortir al carrer desitjant respirar una mica d'aire fresc. L'angoixa de la infermera era encomanadissa –l'afectava molt– i cada vegada li costava més no perdre el control de la situació. No ho admetria davant de ningú, però li encantava anar a comprar menjar. Entrar en una peixateria o una carnisseria li recordava els dies que la seva mare l'enviava a fer els encàrrecs quotidians, i a les botigues les mestresses de casa l'afalagaven amb frases fetes perquè era tan formal. Adorava aquelles grans senyores que parlaven l'argot reusenc i vivien d'una forma coherent amb els seus valors –els compartís o no– de manera que, quan les escoltaves, tot semblava un mar de roses, perquè elles tenien una resposta per a cada circumstància i un lloc per a cada cosa. Eren persones sense complicacions.

Un cop al mercat de la Sagrada Família, va haver d'esperar més de mitja hora que li toqués el torn mentre observava totes aquelles parades atapeïdes de gent i la canalla que anava i venia de la zona infantil. En dates assenyalades com aquella, els mercats tenien una vitalitat desbordant, i semblava que s'hagués d'acabar el món per l'acumulació de menjar que hi havia sobre els taulells i dins les bosses i els cistells. Finalment, si amb sort aconseguies tot allò que havies anat a buscar, marxaves amb cara de satisfacció pel merescut botí i havent-te quedat sempre amb la darrera ració d'algun producte culinari. Aquella recompensa per haver estat més ràpid que el següent client compensava haver-te passat la meitat de les festes anant d'una cua a l'altra amb tota disciplina.

De tornada al pis, va deixar les bosses a la cuina mentre la Nina intentava ignorar-lo amb una recança insofrible. Estava asseguda al sofà amb la fotografia als dits i contemplava la gran duquessa amb els seus ulls violeta –únics entre milions–, com si esperés que li parlés i fos ella mateixa, la Nastàs, qui li digués què havia de fer: enterrar-la perquè pogués descansar en pau d'una vegada o projectar llum sobre les tenebres.

–Ho he deixat tot a la cuina. No em renyis si m'he equivocat en algun ingredient –va pregar-li amb ironia, recordant els nombrosos precedents.

La infermera li havia deixat una nota amb l'adreça completa del senyor Armengol i les claus sobre la taula per no haver de ser ella qui les hi entregués. Ell se les va ficar a la butxaca de l'anorac i va deixar les que tenia d'aquell pis al mateix lloc, un gest que va trencar l'enteresa de la jove. Li va demanar el seu número de mòbil i va enviar-li el contacte d'un mosso d'esquadra per whatsapp mentre ella es posava dreta.

–És un dels meus millors amics. Si tens por o passa res estrany, li truques de part meva i farà qualsevol cosa per ajudar-te. –Va incidir en aquella afirmació rotunda–: Qualsevol cosa, ho has entès?

–I si no tornes?

–Ja t'agradaria –va bromejar ell somrient.

–Seria fabulós –va dir la infermera, a punt de plorar.

–Com vam quedar?

Era ella la que havia fet la promesa de rebentar abans d'ensorrar-se davant seu, i les promeses calia complir-les sense excepcions.

–Ho has fet bé, Nina. Tot –va dir el Marc amb tendresa.

Probablement, ell també hauria anat a casa d'aquell vell per satisfer la seva quimera, però en cap cas se l'hauria cregut. No tenia prou fantasia ni confiava tant en la condició humana com la infermera.

Ella es va aixecar del sofà i va avançar fins a la taula, però es va quedar paralitzada a mig metre del seu objectiu. Des que l'enginyer havia aparegut en escena, la dominava una carnalitat inaudita en ella i tenia uns pensaments obscens inconfessables. A pesar d'això, no va poder ni abraçar-lo. Tenia ciment als peus i els braços encadenats. Mai no havia pres la iniciativa perquè tot el seu valor i naturalitat desapareixien en les distàncies curtes, i des que es considerava quasi invisible inclús li costava veure's com una dona.

–Truca'm o envia'm un missatge, si us plau –li va pregar compungida.

22

També havia deixat a la cuina una ampolla de Priorat i un vi blanc per celebrar, més tard, una ocasió que s'ho valia. No cada dia quedava atrapat per una dona que assegurava que tenia una carta escrita per la tsarina Alexandra Fiodorovna, i que estava convençuda que la cèlebre Anastàsia no només no havia mort a Ekaterinburg sinó que havia viscut a dues passes del seu pis del barri Gòtic. Aquella situació semblava una broma colossal que li havia servit en safata una burgesa barcelonina que el trasbalsava incomprensiblement. Es preguntava si era per despit o per revenja, perquè no li havia passat mai una cosa similar. En unes quantes hores hi havia compartit més emocions i moments privats que amb la Blanca durant dotze anys. A ella li havia vist l'ànima i el provocava en tots els aspectes, no tan sols sexualment. No li semblava estrany que aquell vell nonagenari hagués volgut deixar-li el seu tresor secret precisament a ella, com si hagués esperat a trobar la persona adequada per poder morir.

Es va plantar al Walden en un quart d'hora. Hauria estat un trajecte abellidor si no hagués estat pel vertigen que li provocava pensar en el futur. Anar a buscar la medalleta perquè la Nina recuperés el regal dels seus avis era *peccata minuta* comparat amb els perills sentimentals. A ell no el podien relacionar amb el senyor Armengol i era ben lliure de passejar-se per l'edifici. Podria creuar-se amb aquell presumpte investigador i saludar-lo sense ni immutar-se. Només estaria en fals quan entrés al pis, però, pel curiós disseny d'aquells habitacles, concebuts com cases arrenglerades, en podria sortir per qualsevol forat. En última instància, si hi havia un enfrontament físic, la sort decidiria. Havia tingut planta de gladiador i cara de pocs amics des de l'adolescència, i s'havia acostumat als avantatges i inconvenients del seu físic. Rarament s'havia barallat, però quan ho havia fet no havia perdut mai, ni quan, una vegada, li havien clavat una navalla durant un atracament a una benzinera on havia treballat.

Tal com l'havia definit la infermera, l'edifici era una mena de ciutat essencial postapocalíptica. El Marc va comprovar que els anys setanta i vuitanta havien estat més agosarats –a la recerca de noves fronteres estètiques i alternatives de coexistència urbana– que un segle XXI hedonista i, en molts aspectes, abocat a repetir els errors del passat. No era, doncs, tan sols la millor música, com se solia dir. Va trobar la medalleta amb la cadena trencada damunt la còmoda de l'habitació, exactament on ella li havia dit. Se la va ficar a la butxaca amb tranquil·litat, perquè tot havia anat com una seda i no li havia semblat veure res anormal ni que el vigilessin. Allò no significava que no hi hagués algú més darrere aquells papers enllepolidors, però, de moment, podia seure una estoneta a descansar en aquella cambra depriment. La solitud ignorada que havia quedat impregnada en aquelles quatre parets no es podia comparar amb cap solitud que hagués conegut. Segurament, el Carles Armengol no havia tingut una vida pròpia i havia necessitat aferrar-se a una vida prestada, la d'Anastàsia Romanova. Sense saber com superar la tristesa, havia quedat estamordit, igual que la Nina Romeu, a causa de la mort sobtada dels seus pares. Algunes persones reaccionaven escapant-se, com la seva germana Cristina, i d'altres –els somiadors que sempre havien cregut en els àngels– quedaven en estat de xoc permanent. Les persones en aquell estat de suspensió es reconeixien mútuament, i l'ancià i la infermera s'havien reconegut a la Vall d'Hebron.

Abans de treure's el mòbil de la butxaca, va descansar una mica més. Tenia uns minuts per recuperar el seu to vital habitual. Normalment, era difícil alterar-lo o commoure'l –era la seva característica més irritant–, però havia estat un dia inusualment nefast per a ell, i ho serien sobretot les seves conseqüències. Podia refer-se d'un matrimoni fallit i d'una infidelitat, tenia la situació controlada, perquè feia temps que es preparava per al desenllaç. En canvi, aconseguiria refer-se d'haver-se comportat, tot seguit, com l'adolescent que mai no havia pogut ser? Enamorar-se sobtadament d'una desconeguda era el primer acte d'immaduresa que havia comès, perquè mai no s'havia permès ser poc pràctic o inconscient. També havia deixat el romanticisme per als que se'l poguessin permetre. Amb la Blanca havien començat a sortir bàsicament per una atracció física que, quan ella havia quedat embarassada a causa del petit però fatídic percentatge d'ineficàcia de la pastilla, havia acabat en matrimoni pel convencionalisme benintencionat de les dues famílies. Havien patit un avortament poc després de planificar la boda, ineludiblement d'alt estànding. Tanmateix, les invitacions ja estaven enviades i no havien sabut com aturar aquell despropòsit, i van voler creure que s'estimaven prou per superar els obstacles de la coexistència. De seguida havien descobert que eren massa oposats, i van acabar caient en el típic parany de responsabilitzar l'altre d'un naufragi de manual, alhora que desenvolupaven un pànic inconfessable a tenir fills junts.

Finalment, va agafar el mòbil i va començar a escriure un missatge per estalviar-li a la infermera més minuts d'incertesa i patiment. «Camp lliure. Tinc la medalla i torno a casa.» Després de posar el dit sobre la paraula *enviar*, va sentir el timbre de la porta. Algú trucava amb insistència, com si tingués molta pressa.

23

Es tractava d'una recepta molt fàcil d'elaborar que després calia posar una estona a la nevera per menjar-se-la freda, amb una decoració de salmó fumat i llagostins sota una capa de maionesa glacé. La Nina va llegir el missatge tot just acabar la massa dels pastissos. Es va aturar un moment per recobrar-se després d'haver tingut una soga invisible al coll durant tres quarts d'hora. Mentre provava inútilment de centrar-se només en la tasca culinària, s'havia fet un jurament: si el Marc Santacana tornava sa i estalvi, canviaria radicalment la seva actitud. Ja n'hi havia prou de turmentar-se per haver accedit a fer-se càrrec d'aquells papers, per haver anat al pis de la Mercè, per haver-li explicat que s'havia oblidat la medalleta al Walden, per haver-se fet prou pesada per aconseguir que l'enginyer l'acompanyés a trobar-se amb el pèrit en comptes de marxar cap a Reus. Ja n'hi havia prou. Prou de lamentar-se i autocompadir-se per la desoladora pèrdua dels seus pares. Prou d'anar-se fent petita i imperceptible. Aquell prodigi d'Anastàsia Romanova s'havia convertit també en el seu, la finestra que li havia obert el destí era el toc d'atenció que necessitava per ressuscitar com ella, i en Marc Santacana el seu Dmitri Voroviov. La separació seria encara més traumàtica després del sexe, però preferia ser una temerària que la covarda desmoralitzada que havia caigut dins un pou. Per una vegada, no volia pensar en el futur. Seria explícita, barroera, perversa: el que calgués, per seduir-lo i saber què se sentia sota el seu cos de *quarterback*. Si desaprofitava aquella oportunitat que li brindaven no tindria perdó. Passés el que passés a partir de llavors, encara que aquell succés extraordinari acabés malament, hauria valgut la pena per adonar-se que no estava de tornada de tot. S'havia convençut que ja no li quedava res de bo per descobrir i que la vida no donava més de si. Podia ser meravellosa o demolidora, però era massa imprevisible per subestimar-la.

Va remenar armaris i calaixos fins a trobar alguna peça que fos sexy. Gairebé havia oblidat el significat de la paraula, però va considerar que un vestit escotat de vellut negre amb la màniga curta podia ser acceptable i fàcil de treure. També va manllevar unes calcetes de blonda molt fines. Se sufocava cada vegada pel sol fet de pensar en aquells termes, perquè no hi estava acostumada. Però havia de ser previsora. Després de sis anys de no mantenir relacions amb ningú, es trobava en situació d'emergència. Arribat el moment crític, si l'enginyer es resistia, la rapidesa amb què pogués desempallegar-se de la roba seria determinant. Se suposava que els homes no tenien imaginació ni captaven les subtileses, se'ls havia de donar tot mastegat. Ja no es trobava gens guapa –no aconseguia veure's a si mateixa–, però seguien dient-li que ho era. Per tant, esperava no resultar-li tan ofensiva a la vista perquè no se sentís capaç de fer-li l'amor ni per caritat.

Com més temps dediqués a preparar el dinar i a arreglar-se, menys pensaria en la decisió pendent. Ho havia de fer abans que el material dels Armengol pogués caure en mans d'algú altre sense el seu beneplàcit. L'única manera de ser ella qui decidís era no demorar-ho més. Trucar a la policia o anar al jutjat de guàrdia, explicar el que havia passat i deixar la fotografia, la carta i els dos fulls de dietari en mans de les autoritats. El planeta sencer i, sobretot, la seva ciutat es mereixien saber-ho. També seria una promoció excel·lent per a Barcelona. Ja s'imaginava una ruta turística que començaria per la casa on vivia amb el Delfí Armengol i el seu fill i acabaria al lloc de la seva sepultura. Només calia esbrinar quatre dades sobre els Armengol i acabar inferint la fossa on havia estat enterrada. La notícia ompliria diaris, revistes i televisions, es propagaria per internet com una epidèmia i es faria viral. Però, realment, necessitaven exhumar el cadàver d'Anastàsia Romanova? Les ciutats, com les persones, no valien encara més pel que callaven que pel que explicaven? No era el seu petit país tan sòlid perquè feia mil anys que guardava secrets i tenia un llinatge de persones nobles i orgulloses igual d'extens que l'imperi dels Romanov o la dinastia més antiga del món? ¿Unes quantes portades i els futurs negocis basats en l'avidesa humana per disseccionar les vides dels altres pagaven el fet de trair el secret d'una noia perduda que allí havia trobat amor i refugi? Si havia decidit desaparèixer després d'haver patit en carn pròpia la fragilitat del poder i la fama, tenia dret ella, la Nina Romeu i Roca, a col·locar-la sota els focus novament en nom de la història? Qui era ella per reivindicar-la? Què en sabia, dels seus sentiments o de la seva veritat? Es qüestionava si el dret a la història no pot passar per sobre el dret dels seus protagonistes i consistir a desposseir-los de la seva voluntat i dignitat, parlant en nom d'ells com si no haguessin tingut una veu pròpia. Potser en Dmitri Voroviov, un home just i bondadós, no havia escollit Barcelona per casualitat i tot tenia un perfecte sentit, com els fils invisibles que uneixen les persones d'una banda a l'altra de la Terra. I si tot estava entrellaçat?

Feia tres setmanes que no es depilava ni les cames ni les aixelles. Li hauria agradat pesar uns quants quilets menys però allò tampoc no ho podia canviar, l'única opció era treure el màxim partit del que tenia. Per ventura, la propietària del pis acumulava infinitat de productes de bellesa, perquè sempre havia estat una dona presumida i la seva sala de bany semblava una perfumeria: tires de cera freda, cremes hidratants, exfoliants, perfums, maquillatge, planxes de cabell, sabó íntim... Era estrany portar la roba de la Mercè i utilitzar els seus cosmètics quan sempre havia temut convertir-se en ella. En canvi, l'adorava i ni per un moment li havia passat pel cap que pogués molestar-la que agafés les seves coses. Segur que si fos allí li diria: «Endavant, Nina! No t'hi rumiïs gens! Agafa el que necessitis i menja't el món!» Al capdavall, potser no era tan terrible convertir-se en una persona tan generosa com la millor amiga de la seva mare. Ja no tornaria a defugir-la mai més, al contrari. Volia recuperar aquella tieta encantadora que sempre feia olor de pólvores i de perfum francès clàssic, com les grans senyores d'abans. Es preguntava si en la seva condició de vídua conservadora encara ho devia fer alguna vegada i amb qui. No podia treure's del cap aquell tema, com si fos una adolescent eròtomana, però ja li estava bé, semblava una altra tàctica del seu instint de supervivència. Les ganes de viure se li havien disparat la nit anterior, i ja no tenien aturador després d'haver estat hivernant durant anys. Mentre es depilava, allisava el serrell i es maquillava, la divertia pensar que la Mercè Feliu no es podia ni imaginar que el seu nebot i la filla de la seva millor amiga passarien la vigília de Nadal junts a casa seva, es menjarien un pastís de peix i marisc cuinat al seu forn i que –si la biologia no fallava– acabarien en un dels seus llits. De sobte, tot era possible.

24

L'enginyer va vacil·lar durant poc temps: fugir per evitar donar explicacions o descobrir qui hi havia darrere la porta. A pesar del seu escepticisme, sempre se sentia impel·lit a actuar com un escut entre el món i les persones que li importaven. Va obrir amb calma, convençut que tan bon punt mirés dins els ulls de l'altra banda sabria si podien estar definitivament tranquils.

–Déu vos guard.

Va quedar atònit un instant pel que va veure: un individu de dos metres amb una radiografia a les mans, que devia portar per obrir la porta si calia.

–Soc un veí, no pensi malament –va explicar l'home ràpidament amb una rialleta nerviosa.

Tenia les faccions eslaves que la Nina havia descrit però era molt més vell, parlava un perfecte català de la capital i semblava inofensiu. La lent distorsionadora de l'espiell i la situació havien jugat una mala passada a la infermera.

–És que l'he vist entrar a vostè i he vingut a saber què hi feia, aquí –es va justificar, quasi avergonyit.

–Sóc zelador de la Vall d'Hebron i busco roba per vestir el senyor Armengol –va improvisar amb facilitat.

–Sí... és clar... pobre amic meu... –va lamentar l'home abaixant el cap amb aflicció–. He trucat a l'hospital i m'ho han dit. Ja m'ho vaig témer quan vaig veure que no tornava de comprar ahir al matí.

–Es veu que va caure al carrer i se'l van endur en ambulància –va informar-lo del que recordava que li havia explicat la Nina. El seu interlocutor semblava molt necessitat de respostes i consol.

–Em permet? –va demanar mentre apartava l'enginyer amb la rudesa involuntària de les persones senils. Va entrar dins el pis–. Hi ha un tratge que li agrada molt… molt.

–Vós mateix.

El Marc no sabia què dir-li. Esperaria que busqués el vestit per no aixafar-li la il·lusió.

–I sap quan l'enterraran? –va preguntar el vell amb la veu entretallada, sense moure's del menjador.

–No en tinc ni idea.

Desconeixia el procediment en el cas de les persones que morien completament soles. Potser buscarien possibles parents i, en cas contrari, esbrinarien si tenia diners o una assegurança per pagar-se el seu propi funeral. Tot plegat ho trobava extremament penós, i la gent gran li suscitava una enorme tendresa.

–Ahir al vespre també va venir una noia, però, caram, va sortir per la finestra quan vaig trucar! Em sembla que la vaig espantar… Soc tan alt!

El Marc va somriure, comprenent a què es referia.

–Ja veig que a vostè també li passa –va deduir el vell, content.

–Era una infermera… una infermera.

Havia repetit la paraula no sabia per què.

–Em dic Benet Pujol, per servir-lo –es va presentar l'home.

En aquell moment l'enginyer ja va saber que no se'l trauria del damunt. Era un ancià avorrit que probablement acabava de perdre l'única companyia que li quedava.

–Jo em dic Marc.

–No és de Barcelona, vostè.

L'accent orgullós del sud el delatava.

–Soc de Reus.

–A mi m'agrada molt el vermut de Reus! –va assegurar el Benet Pujol, cada vegada més entusiasmat–. Esperi'm aquí si no li fa res, buscaré el tratge a l'armari.

Gairebé va xocar amb la part superior del marc de la porta i l'enginyer va pensar que de jove, quan ningú en aquella època no feia dos metres, devia haver estat una mena de monstre singularitzat pel seu aspecte de mugic.* Es notava per la forma que tenia de disculpar-se i per la seva actitud exageradament afable, per evitar, des de sempre, que la gent sortís corrent espaordida.

–Ara vinc, és un moment, ara vinc… –va insistir, demostrant just el contrari, que trigaria un segle perquè era vell i lent i no sabia on buscar.

El Marc es va recolzar en una còmoda mentre esperava que tornés i prenent til·la un altre cop. Era simptomàtic que l'home no guardés una clau del pis de l'amic tot i que feia l'efecte que es cuidaven l'un a l'altre. Segurament, el Carles Armengol havia estat massa obsessionat a protegir els seus documents gelosament com a part de la seva paranoia.

Van passar uns deu minuts i, efectivament, el vell no tornava. Va anar fins a l'habitació i el va trobar traient un per un tots els pantalons, camises i jerseis de l'amari. Ni rastre de cap tratge, només s'ho havia inventat per tenir algú amb qui compartir, una estona més, el dol pel veí.

–Quins trons –va remugar l'enginyer mentre remenava la pila de roba que hi havia sobre el cobrellit antiquat.

–Com diu? –va preguntar el vell, afectat per una deficiència auditiva pròpia de l'edat.

L'enginyer va somriure per dins i ho va deixar estar. S'hauria

* Pagès rus a l'època dels tsars.

d'haver imaginat que era una mica sord per la forma com cridava quan parlava.

–Senyor Pujol, què li sembla aquesta jaqueta fosca amb una camisa blanca i el pantaló negre? –va preguntar-li després de localitzar tres peces adients. Va repetir la pregunta en veu més alta–. Què li semblen?

Quan l'home es va girar, li va mostrar la roba escollida aixecant-la. Després, va començar a endreçar aquell escampall retornant cada cosa al seu lloc dins l'armari.

–Faltarà una corbata negra –va notar ell, movent el cap a banda i banda com si estigués capficat a fer-li un conjunt al difunt prou a l'altura del cavaller que havia estat: cultivat, discret, elegant–. Jo en tinc una de guardada, me'n vaig a buscar-la!

Va caminar dues passes fins a la porta, encorbat com un vampir, i de sobte es va aturar per esperar l'enginyer. Donava per fet que l'havia d'acompanyar.

–La radiografia la vol? –va preguntar el Marc amb mig somrís veient que se la descuidava–. Que si vol la radiografia?

–Ja no em serveix per a res! –va desdenyar-la.

Havia sentit que amb una radiografia es podia obrir una porta que no estigués tancada amb clau i, amb força traça, el vespre anterior havia aconseguit forçar la del seu veí per assegurar-se que no li hagués passat res quan no havia respost al timbre en tota la tarda. Aquella segona vegada havia pensat fer el mateix per comprovar que el nou visitant inesperat no fos un malfactor.

L'enginyer sentia una mena de compassió reverencial per les persones immunes a la derrota com el Benet Pujol. Dins el seu pis, encara se li va encongir més el cor. El vell vivia en unes condicions similars a les del seu veí –envoltat d'incomptables objectes inútils, com totes les víctimes de la síndrome de Diògenes– i, a més, tenia marcs amb fotografies arreu. Un reguitzell de parents que es devien haver mort o que, senzillament, l'havien abandonat. Va pensar que, si tingués uns fills vius o uns nets com calia, no estaria sol el migdia d'un 24 de desembre.

Del fons d'un calaix de la seva habitació plena de recordatoris i esqueles, l'amfitrió en va treure una corbata que semblava de l'any de la picor.

–És de quan regnava el rei Pepet! –va deixar anar ell mateix amb sentit de l'humor, però les seves mans quilomètriques i descolorides tremolaven d'emoció–. Està una mica gastada però ja farà el fet, no li sembla?

–Pot estar-ne segur –va afirmar el Marc per acontentar-lo, i va afegir amb un nus a la gola–: Quedarà com un senyor.

25

«Aquí tens la foto del teu detectiu rus. Es diu Benet Pujol i és natural de Sarrià.»

Hi havia afegit una emoticona d'aquelles que piquen l'ullet i la Nina va somriure, amb la mirada enterbolida. Es va empassar els mocs per enèsima vegada. El seu ensurt al pis del senyor Armengol havia estat una falsa alarma provocada per la tensió del moment, mentre llegia els papers amb el neguit creixent de la descoberta. Acabava de treure les dues safates del modern forn pirolític i en un instant de distracció es va cremar el braç lleument amb una –que era de de pyrex–. Va ficar-lo sota l'aixeta ràpidament i l'aigua gelada va alleujar-li la coïssor. Després, va deixar reposar els pastissos abans de posar-los al congelador –un recurs per refredar-los més de pressa– i va començar a parar la taula del menjador amb unes estovalles de Nadal condemnades a l'oblit i la vaixella de porcellana de la Mercè. Aquells plats versallescos amb roses blanques i vermelles pintades a mà li va fer pensar en el luxe i la sofisticació dels palaus dels Romanov, com el de Sant Petersburg, que tenia un centenar d'habitacions. Malgrat això, semblava que Anastàsia i les seves germanes havien estat criades de forma austera i disciplinada, obligades a arreglar les seves estances, aprendre costura i estudiar diverses hores al dia tant idiomes com altres matèries. Rebien un tracte carinyós dels seus pares, però les preparaven per ser exemplars i ocupar una alta responsabilitat. Els seus contemporanis asseguraven que Anastàsia mostrava sempre un caràcter alegre i es comportava jovialment amb tothom, inclòs el servei. Li agradava aprendre amb els seus professors particulars i tenia sortides que feien riure tothom. Possiblement hauria trencat motlles, com la seva mare, que es va negar a casar-se si no era amb l'home que estimava. Per desafiar les convencions va tenir la complicitat de la seva àvia, la reina Victòria I, que també havia estat una dona amb una personalitat molt forta –va ser coronada amb tan sols divuit anys–, i que es va unir a Albert de Saxònia-Coburg Gotha completament enamorada. Van tenir nou fills, i quan ell va morir, encara jove, Victòria va embogir de dolor, es va recloure per no fer més vida pública i va seguir ordenant que preparessin la roba d'Albert cada matí fins al dia del seu propi traspàs. Alix de Hesse, la seva neta predilecta per motius evidents, també es va casar gran pels estàndards de l'època. Fins que no va aconseguir fer-ho amb l'impactant Nicolau Romanov, del qual estava enamorada des de joveneta, va preferir quedar-se soltera, una rebel·lia inaudita pels valors del segle XIX. Finalment, els Romanov, i en especial la tsarina mare, que no suportava la idea que el seu fill es casés amb una alemanya, van acabar cedint.

Malgrat que tots aquells aristòcrates eren persones d'una altra dimensió, amb una educació i una mentalitat aparentment molt diferents de les seves –i que havien viscut sempre dins una bombolla de sabó–, la Nina s'hi sentia cada vegada més identificada. No eren tan diferents de la resta de persones ni, segurament, havien patit menys. Ni el seu poder ni tots els seus privilegis –que devien donar per descomptats– els havien deslliurat de les tribulacions.

No es va rendir fins que damunt un armari va trobar una capsa plena de garlandes i boles daurades que alguna vegada havien servit per decorar un arbre de Nadal. Saltava a la vista que l'amiga de la seva mare s'havia cansat de guarnir la casa, perquè no hi havia ni una simple al·lusió a les festes enlloc. Va patir una forta sotragada interior en adonar-se que ella també havia fet la mateixa estupidesa de castigar el Nadal, com si aquella revenja servís per deslluir-lo. Al seu voltant, la gent seguia celebrant les millors dates de l'any, comprant regals i enviant felicitacions. Res no s'aturava perquè ella s'hagués aturat i, per més ràbia que li fessin tots plegats i per més que cridés, ningú no li prestava atenció. Ells no hi perdien i les llums dels aparadors no s'apagaven, només ella.

26

El senyor Pujol va posar la corbata molt ben plegada dins una bossa de plàstic del supermercat, però no la va entregar a l'enginyer. Se la va endur al menjador, barrinant un estratagema per intentar que encara no se li escapolís.

–Miri, jove, veu com no l'he enganyat! Un vermut de Reus!

Havia tret una ampolla quasi buida d'un petit moble bar i la brandava engrescat.

–No m'ho pensava pas que m'hagués enganyat! –li va garantir el Marc, que, si feia falta, sabia parlar com els seus avis.

–Un glopet en honor al Carles Armengol?

–Em sap greu però he d'anar a dinar.

–Encara no ha dinat! Vostè rai, que és un vailet! Els vells dinem aviat! Però segur que té una dona guapa esperant-lo a casa –va aventurar picant-li l'ullet.

–Molt guapa –va assegurar, i li va regalar una informació a pesar que no fos gens necessària–. Clavada a la Liz Taylor, ves quines coses.

El vell va semblar extasiat, com es podia preveure.

–Renoi! Jo era un fan de la Liz Taylor! També m'agradava molt la Doris Day!

–Buf, la Doris Day! Maca i graciosa!

De sobte, el Marc es va preguntar què estava fent exactament. S'havia begut l'enteniment conversant com un ximplet amb aquell vell. Podria estar-se hores recordant actors i escenes de pel·lícules, alguns diàlegs els sabia recitar de memòria, però no era el lloc ni el moment. A més, si li seguia la corda, no marxaria mai.

–Me'n vaig o faré tard.

–I no volem que la dona ens esbatussi, oi? –va palesar amb una cantarella maliciosa. Encara tenia sang a les venes per a la complicitat masculina.

–No, valga'm Déu! Vostè no sap el mal geni que gasta!

–Aquestes són les millors!

L'enginyer gairebé li va arrencar de les mans la bossa de la corbata i va fer dues passes ràpides en direcció a la porta, tres, quatre. Ja tenia un peu a l'escala.

–Jove, li hauria de demanar un favor.

Ell es va girar, desobeint les ordres del seu cervell, que li havia prohibit caure al parany novament. El va mirar sense dir res.

–El Carles té un gat però jo no me'l puc quedar. Soc al·lèrgic al pèl! –va assegurar amb tremendisme, i va continuar–: Em fa molta tos i m'ofegaria. Sempre era ell qui venia al meu pis.

–Segur que se'n voldrà fer càrrec algun altre veí –va fer el Marc davant aquella invenció, que començava a passar-se de rosca.

–Ho he preguntat però no el vol ningú. Què farà la pobra bèstia?

–No n'he vist cap, de gat.

–És molt espantadís i sempre s'amaga. Vingui, vingui! –el va convidar, sobrepassant-lo a la porta i encaminant-se al pis de l'amic.

No li va importar deixar obert de bat a bat i es va quedar al passadís pendent de l'enginyer.

–De totes maneres, hi hem d'anar a recollir la seva roba per al funeral –li va recordar amb encert, de manera que ell es va veure obligat a seguir-lo un cop més.

L'enginyer va obrir amb la clau que portava i van entrar

junts al pis del Carles Armengol. Aquella vegada, va anar directe a agafar la roba per prendre-la amb la corbata sense fer cas de l'ancià, que s'havia ajupit amb dificultat al costat d'una butaqueta. De genolls tenia l'alçada d'una persona corrent.

–Miri, és aquí!

El Marc va anar fins a ell, convençut que els gats sempre s'ocultaven en indrets alts –fent ús de la seva extraordinària agilitat– i no als racons, com els hàmsters o els conillets d'Índies. Per educació, va guaitar al forat que quedava entre la butaqueta i la paret.

–Cony, sí que hi ha un gat, aquí –va comprovar.

–Em sembla que tenia una cistella a la cuina. La vaig a buscar –es va oferir el vell molt diligent. Semblava amoïnat pel destí del felí.

–Escolti'm, que jo no em penso endur aquest gat...

El Benet Pujol ja s'havia posat dret, amb un cruixit d'ossos semblant al d'una neula gegant en esmicolar-se.

–Ja hi vaig jo! –es va oferir el Marc per evitar que, amb la rauxa que portava, aquell tros d'home es trenqués en mil bocins. En realitat, només era un ancià consumit per la tristesa i extremament fràgil sota una aparença temible que havia estat com una penitència.

Va localitzar la gàbia fet una fúria per dins: només li faltava haver-se de quedar un gat mig feréstec. Aquell moment crític, però, aviat li passaria. Algunes coses no tenien remei i tot allò havia estat surrealista des del principi. Ja no se sentia capaç de distingir les situacions normals de les absurdes des que s'havia trobat amb una altra ocupant clandestina al pis de la Mercè Feliu i el món havia quedat al revés. Enxampar la Blanca amb el seu amant havia estat la vivència més insípida de les darreres vint hores.

–Jove, vigili que no li clavi les dents! Les mossegades de gat sempre s'infecten.

El gat no li va clavar els ullals, però sí les ungles.

–Hòstia, m'ha fotut una esgarrapada.

A pesar d'això, l'enginyer el va agafar amb fermesa i el va ficar d'una estrebada dins la gàbia.

–He vingut en moto. L'haurem de deixar aquí dins i ja tornaré a la tarda –va manifestar, fent un esbufec de cansament emocional més que no pas físic.

L'ancià va semblar témer que no pensés complir la seva paraula.

–Tinc cordills i també un tensor. Lligarem la cistella a la moto, no pateixi.

Van baixar tots dos al carrer –amb el monumental Walden a l'esquena– carregats d'estris per assegurar-se que aquell animal esparverat no sortís disparat durant el trajecte i amb la roba per enterrar el Carles Armengol entaforada dins una saca d'una botiga de rentat en sec. El Marc anhelava enllestir com més aviat millor, perquè ja eren les tres de la tarda i estava defallint de gana.

–Té algun nom, aquest gat? –va preguntar abans d'arrencar l'Honda, i va repetir vociferant–: Que com es diu el gat!

–Ah! Es diu Vísic!

27

De seguida havia recordat que a Anastàsia li deien *shvíbzit* tant la seva família com els servents, perquè era força entremaliada i la petita de les quatre germanes. No costava gaire deduir que el nom del gat que portava lligat a la moto era la catalanització d'aquella paraula carinyosa que en rus significa «dimoniet». Cada nou detall que descobria palesava que aquell vell oblidat havia estat obsessionat amb la gran duquessa desapareguda i només havia viscut a través d'ella.

Amb la panxa buida, la sensació de fred dalt de la moto augmentava, i el retorn al carrer Còrsega –preocupat perquè no li caigués la gàbia de l'animal– va ser una calamitat. Per fi, a les tres en punt va aparcar al costat del BMW, sense poder treure's del pensament aquella nova troballa. Podia semblar un detall irrellevant comparat amb la resta, però l'havia impressionat perquè li parlava de totes aquelles persones desaparegudes més enllà de fets i dates. Ja només eren pols i cendres, però havien caminat per la Terra per algun motiu. Tots existim per una raó, i potser ells havien existit per intervenir en la vida d'altres persones cent anys més tard. Com si tots deixéssim un eco –una remor intencionada– que ha d'acabar escoltant algú. Dickens va dir que només hi ha dos moments realment importants: el moment que naixem i el moment en el qual descobrim per què. Per què havien estat assassinats els Romanov, cosa que havia provocat un eco eixordador que havia arribat fins a Barcelona?

Tenia algun destinatari futur, aquell terratrèmol que va començar a la Rússia de 1917? Havien nascut, ell i la Nina, predestinats a travessar una d'aquelles ones de so a les portes de 2017?

S'havia desfet de la seva clau del pis per precaució; per tant, va haver de trucar al timbre de la porta. De moment, va deixar la gàbia fora de la vista de la infermera. Però la dona que va obrir no era la mateixa que havia deixat feia un parell d'hores, i va quedar visiblement astorat.

–M'he canviat de roba. Em sentia bruta –va justificar-se ella, desanimada per una mirada que li havia semblat de desaprovació.

Havia previst fer-li un petó o un miler, regraciant-lo per tot. En canvi, es va sentir coartada per un enuig momentani que l'enginyer havia dissimulat massa tard.

–Té, la teva medalla.

La dona va agafar la cadeneta trencada amb la placa mentre ell entrava deixant la porta entreoberta. No sabia què dir-li que fos prou fidel als seus sentiments en aquells moments. Estava a punt de sortir-li el cor per la boca.

–Moltí... tíssimes gràcies. També pe... per salvar-me d'un assassí... –va subratllar mofant-se de la seva carrinclona psicosi, però, sobretot, per desviar l'atenció del seu tartamudeig inflamat.

–No m'estranya que... que el confonguessis amb un parent de Stalin –va bromejar el Marc per eximir-la de culpa. També havia quequejat una mica perquè se sentia exposat, no pas pel fet que ella s'hagués volgut empolainar després d'unes hores de deriva espantoses, sinó perquè era tan incapaç de controlar les seves reaccions.

–No tanques la porta? –va preguntar la Nina amb la joia ben premuda dins el puny.

En certa mesura, era com haver arribat al final de la corda fluixa. Però ara estava estremida per altres motius que gairebé no podia ocultar. Durant l'absència de l'enginyer, havia passat d'un estat d'ansietat a aquell estat de desig pur.

–Et falta l'última sorpresa –va manifestar ell tornant a sortir a l'escala.

Va entrar amb la gàbia i aleshores sí que va tancar la porta de casa darrere seu.

–L'herència del senyor Armengol tenia dues parts –va anunciar amb un sarcasme majúscul, i va detallar–: Les proves de la supervivència d'Anastàsia Romanova i aquest gat.

La Nina es va posar les mans a la boca mentre l'enginyer alçava la gàbia perquè en veiés el contingut.

–No! –va exclamar divertida.

–Doncs sí! –va dir-li.

Va escrutar l'animal, que també l'observava a ella amb esverament. Estava arraulit i tenia els pèls de punta, pel viatge infernal que havia fet dalt d'una moto de carreres.

–Te l'has hagut de quedar?

–He estat víctima d'una conspiració –va al·legar ell passant-se la mà pels cabells. Estava cansat i no tenia ganes d'explicar-li com havia anat tot, i va fer un resum irònic de la trobada–. Me l'ha endossat el veí, que es veu que era un company de petanca del teu amic... Però no pateixis, que jo l'endossaré al meu germà Roger, que arreplega tots els animals que troba.

–I ara! –va replicar la Nina, fascinada amb els ulls turquesa del felí i sense prestar-li gaire atenció a ell per un moment–. Me'l quedo jo!

Va deixar la medalleta sobre el moble del rebedor i va obrir la porta de la gàbia sense pensar-s'ho dues vegades.

–Vigila que esgarrap...

L'havia volgut advertir, però ella ja tenia el gat al coll i l'amanyagava com si fos un peluix en comptes d'un exemplar lleig i estarrufat. Semblava haver quedat sedat per la determinació de la infermera.

–Mixeta, mixeta –li va parlar acaronant-lo–. Goita que manso és.

El Marc tampoc no reconeixia el gat que li havia marcat tota la mà. Semblava d'angora als braços de la seva nova mestressa.

–Pobrissó, li donaré una mica de llet.

Es va encaminar a la cuina mentre ell es quedava palplantat al rebedor.

–Vine, Marc! No et quedis aquí com un estaquirot, t'has de desinfectar l'esgarrapada de la mà.

Va dipositar la gàbia a terra i es va treure l'anorac per deixar-lo al penjador. El pis estava a una temperatura fabulosa. Tot seguit es va desfer de les seves gegantines botes de muntanya, perquè acabava de veure que ella tampoc no anava calçada.

–És que no he trobat sabates de la Mercè de la meva mida, em queien totes –va comentar la infermera entrant a la cuina, com si hagués pogut notar la mirada d'ell clavada a les seves espatlles.

–Fa un pam més que tu –va mormolar el Marc mentre pensava que tenia sort que el vestit de vellut també li anés una mica massa llarg, així no se li veien ni els genolls.

Només calia que es concentrés a no aturar la vista a la zona del seu escot en cap moment i per cap concepte. La va seguir a la cuina, on l'aroma de peix i marisc guisats va fer-lo salivar anticipadament, com al gos de Pavlov.

–T'ha dit com es diu? És mascle o femella?

Ella mateix li va aixecar la cua per esbrinar-ho. Com que era un felí molt escarransit, no era fàcil d'endevinar sense fer-li una ullada als genitals.

–Ho saps, com es diu? –va reiterar, perquè ell només estava pendent dels taulells, sense ni rastre de menjar.

–A veure si ho endevines.

–Anastàsiu? –va bromejar, llegint el pensament de l'enginyer.

–No vas desencaminada –la va felicitar, somrient–. Es diu Vísic.

La presumpta experta en púdings va fer cara d'ignorar la procedència d'aquell apel·latiu.

–Vísic –va insistir ell sense èxit mentre somreia amb una arruga de cansament al front.

–Vísic?

–Ja veig que no estàs centrada. Després t'ho explico –li va garantir. La seva intenció no era allargar el suspens sinó dinar d'una vegada–. Puc saber on carai és el pastís de peix?

28

La Nina va conduir l'enginyer fins a la porta del menjador, que havia deixat tancada deliberadament.

–Ara tanca els ulls.

–Va, dona, que ja som grandets –va remugar ell, previngut de no sucumbir als encants infinits de la infermera.

Ella no li va fer ni cas i li va donar unes instruccions molt precises.

–No et moguis, tanca els ulls i calla.

Havia d'anar a treure el pastís del congelador –esperava que estigués prou fred– per posar-lo en una enlluernadora safata platejada de la col·lecció més moderna que tenia la Mercè. Va entrar al menjador i va deixar-la al mig de la taula, engalanada, entre d'altres, amb la vaixella de porcellana.

El Marc havia estat obedient i continuava al passadís amb els ulls tancats.

–Ara no em renyis per ser massa amable, si us plau –li va pregar la Nina abans d'autoritzar-lo a entrar, i va recordar-li–. Demà és Nadal...

S'havien guanyat una compensació –una petita pausa– per les hores de desori i per les disjuntives que s'havien trobat, que encara no havien acabat. Mentre tinguessin aquells documents, no es traurien del damunt un llast desmesurat per a dues persones corrents.

–Ja pots mirar.

Ell va obrir els ulls, imaginant-se què es trobaria. Una taula amb unes estovalles coral·lines parada amb detall per celebrar el Nadal i un suculent pastís salat al centre, flanquejat per dos canelobres amb unes espelmes ratllades verdes i vermelles. La infermera havia utilitzat les boles i les garlandes passades de moda per fer una mena de cabdells decoratius al voltant dels candelers. També hi havia el vi blanc que ell mateix havia comprat per a l'ocasió i un gerro de cristall tallat ple d'aigua mineral.

Havia reaparegut la Nina encantadora i entusiasta, en una metamorfosi pròpia del Dr Jekyll i Mr Hyde. Havia passat de ser la dona apàtica tenallada per una tempesta interior i alhora per una amenaça intangible que ell havia conegut la nit anterior a convertir-se en la sal de la terra –un regal que portava llacet i tot–, amb una bellesa clàssica de diva cinematogràfica que el deixava fora de combat. Però sabia que aquell romanç que havia sorgit precipitadament només era una al·lucinació, i havia de procurar no perdre-ho de vista ni flaquejar un sol instant.

–Fantàstic –va pronunciar per no semblar que desdenyava l'esforç de la infermera tot i que els motius de la seva actitud eren uns altres–. Em rento les mans i vinc.

No va ser capaç de dir res més abans d'ocultar-se al bany per disposar d'una mica de marge.

La Nina va experimentar una petita davallada emocional després del revés –era obvi que ell li estava parant els peus–, però s'havia mentalitzat per no desmoralitzar-se. Posar-se en ridícul ja ho havia practicat des del començament, i no era tan greu com semblava.

El Marc no necessitava rentar-se les mans, perquè ja ho havia fet quan ella havia insistit a netejar-li la urpada amb aigua oxigenada. Aquella estampida cap a la sala de bany era molt poc subtil i la infermera no s'ho mereixia. Tanmateix, necessitava abocar-se a la pica per llançar-se aigua freda a la cara. Havia arribat congelat i, en veure que el rebia arreglada en senyal d'agraïment, havia notat com li pujava la febre. Tan aviat desitjava abraçar-la mogut pel seu posat desvalgut com s'imaginava totes les formes de posseir-la furiosament. Des de la primera vegada que l'havia tractat d'imbècil –quasi al mateix moment de topar amb ella– s'havia hagut d'aguantar les ganes de tapar-li la boca amb la seva i posar-li les mans sota la roba. Els seus llavis de color maduixa, els ulls violeta amb la mateixa mirada enigmàtica de la Liz Taylor i un cos arrodonit perfecte per provocar la luxúria li robaven la sensatesa. En un minut, havia aconseguit que oblidés els seus problemes fent desaparèixer la resta del món. Despentinada i mal vestida, sense maquillatge, faltada de son i morruda, l'havia hipnotitzat i ho havia relativitzat tot. Però caure en la temptació d'emportar-se-la al llit com a conseqüència lògica d'aquell dia trepidant seria una baixesa i el faria sentir com un abusador. Aquella jove de bona família, coratjosa i honesta –formidablement idealista–, acostumada a la gent amb classe, que estava immersa en la situació més estranya de la seva vida, s'havia convençut que aquella trobada fortuïta significava alguna cosa. S'hauria llançat als braços d'un narcotraficant de veritat si hagués estat qui l'hagués acompanyada en aquell periple. S'hauria enamorat d'un assassí en sèrie i de qualsevol individu que li hagués prestat atenció mentre estava completament sola davant unes circumstàncies excepcionals.

Tanmateix, els Bacardit-Santacana no s'havien esllomat a ensenyar-li a ser una persona decent perquè es convertís en un aprofitat que, a més, podria semblar que només volia servir-se d'ella per rescabalar-se de l'adulteri de la Blanca. Havia d'assegurar-se que destruís tot el material d'Anastàsia i, tot seguit, dir-li adeu per sempre.

29

–Bo és poc: boníssim –la va felicitar amb el primer tros de pastís a la boca.

L'escena no podia ser més idíl·lica i confortable, una combinació suprema per a ell, que adorava la vida casolana. Tots dos asseguts a taula a una temperatura d'incubadora –mentre al carrer començava l'hivern–, assaborien el púding de peix i marisc més deliciós que havia tastat acompanyat per un bon vi blanc de l'Empordà. La Nina també havia resultat ser l'excel·lent cuinera que prometia. Per posar-lo encara més a prova, les copes, els coberts i ells mateixos es reflectien dins les boles platejades i púrpures com en una postal de Nadal. L'única cosa que el mantenia a resguard dels seus instints era que la infermera s'havia assegut a l'altra banda de la taula, observant el protocol com si fossin un matrimoni distingit del segle XIX. El bodegó li va fer pensar en el significat del concepte de moral victoriana, que havia esbrinat d'on procedia coneixent la vida de la reina Victòria I, tan lligada als Romanov. El seu regnat, que va durar més de seixanta anys, es va caracteritzar per una enorme expansió econòmica i cultural transoceànica –va doblar els territoris sota el seu domini– que convertiria la Gran Bretanya en un poderós imperi. Malgrat aquella esplendor, el seu dol estricte per la mort prematura del seu príncep consort va encomanar la societat del mateix capteniment i es van imposar els valors més conservadors, alhora que el respecte a les tradicions es va convertir gairebé en un dogma.

–M'expliques ara d'on ve el nom de Vísic? –va preguntar la infermera per encetar alguna conversa amb ell.

–A veure, com li deien a Anastàsia?

–Nastàs o Nàstia.

–Concentra't, això seria massa fàcil. Estem parlant d'una resposta de nota, només per a experts com nosaltres –va bromejar novament.

La dona estava en blanc; massa emocions i turments per un sol dia, i a sobre aquell desig que li ennuvolava fins i tot la visió. S'havia trobat un amor tan sobtat com real que ni ella mateixa es podia explicar.

–Va, dona! És una paraula en rus! –la va esperonar amb la pista definitiva.

–Ah, ja ho sé! Com era...? Shívit? No ho sabria pronunciar! –va exclamar.

–Es deu pronunciar més o menys Vísic! –va evidenciar ell somrient.

Tot seguit, li va explicar la seva trobada amb el Benet Pujol i l'habilitat amb què el vell li havia traspassat el gat. Ella es va fer un tip de riure mentre constatava que l'enginyer era un home incatalogable, un cínic insensible que, en sec, es convertia en una persona tova i encantadora. Amb cada mot demostrava que era la persona crítica i informada que l'havia ajudat en comptes del mascle alfa simple i fatxenda que li havia semblat a primera vista. No havia conegut ningú com ell i, potser per aquell motiu, sempre havia estat una reprimida incapaç de desinhibir-se ni prendre la davantera.

–M'ha lligat la gàbia a la moto i ha fotut el camp abans no m'hi repensés!

–Devien fer bona parella amb el senyor Armengol –va valorar, imaginant-los tots dos fent-se companyia al Walden.

–Laurel i Hardy –va bromejar l'enginyer, però es notava que li havia agafat afecte instantàniament–. Per cert, he deixat la roba dins el cofre de la moto. La voldràs prendre a l'hospital? Servirà d'alguna cosa?

–Me n'encarregaré –va assegurar ella, agraïda però amb la mirada perduda. Va afegir lànguidament–: Si no té cap parent que s'encarregui del seu funeral, ho faré jo.

–No ho dubto.

Tots dos van quedar muts un instant. Malgrat l'harmonia del moment, hi havia la tristesa per la mort de l'ancià i la fatalitat dels Romanov interposant-se entre ells i la perfecció. La Nina lluitava per desempallegar-se'n un minut, però encara no podia.

–No es va casar mai ni va tenir fills –va lamentar fent un manyoc amb el tovalló que tenia a la falda–. Com si la seva pròpia vida no li hagués semblat important, sempre dins l'esfera d'ella... sempre vivint només de records.

Durant el parèntesi terapèutic del Walden, el Marc s'havia jurat no permetre que quedessin encadenats a aquella història i l'haguessin d'arrossegar fins a la tomba.

–Vinga, parlem del temps –va bromejar–. No espatllis el dinar.

–És que... –va apuntar per rectificar a continuació–. Tens raó, ho deixo estar.

L'enginyer va fer un sospir profund mentre observava com la dona es mossegava la llengua i abaixava el cap mortificada.

–Va, parla, vinga –li va pregar, penedit d'haver-la fet desistir.

La Nina necessitava compartir-ho tot sense guardar-se res, perquè ell era l'únic que la podia comprendre i perquè el seu agraïment al Carles Armengol i a aquella noia innocent era evident. Se sentia en deute.

–També he llegit que ... que... –va titubejar.

Havia tingut una estoneta lliure mentre esperava l'enginyer i havia tornat a caure a l'abisme de buscar més dades sobre Anastàsia que la poguessin ajudar a decidir. Va continuar amb dificultat malgrat que necessitava dir-ho en veu alta.

–Has llegit que... –va repetir ell per estirar-li les paraules que tenia entravessades a la gola.

–Que durant el viatge en tren a Ekaterinburg els bolxevics van violar algunes de les tsarines. Tu creus que a Anastàsia...?

Fins llavors, havia visionat una pel·lícula en tons sèpia com els de la fotografia del Niepce, i amb la mateixa distància glamurosa que donava el paper cuixé. Tot era molt tràgic, però estava envoltat de l'halo d'immortalitat dels déus. La senzilla i compassiva Olga; l'elegant Tatiana, inseparable de la seva germana gran; la bellíssima Maria, i la graciosa Anastàsia, que es guanyava tothom. Però ara les imatges dins el seu cap ja eren en color i no podia parar de veure aquelles noies –de carn i ossos com ella– maltractades i forçades per soldats de la revolució que les odiaven. Segurament, el fet de vexar-les havia donat sentit a les vides miserables i aquella sola idea li feia cruixir l'ànima. Després, al soterrani de la casa Ipàtiev tant la família imperial com els servents havien estat rematats amb trets al cap i cops de baioneta de manera que, segons alguns historiadors, el terra havia quedat tan ple de sang i trossos de cervell que semblava una pista de patinatge.

El Marc va utilitzar la ironia per acabar aquell tema. Quan l'havia animada a desfogar-se no s'imaginava que remouria els aspectes més sòrdids.

–Per desgràcia, el règim dels tsars no era com el regne de la princesa Rapunzel. Era un sistema totalitari controlat per l'exèrcit, el clero i els buròcrates on la majoria de la gent vivia en la pobresa i l'endarreriment. Durant segles van fer assassinar i empresonar tothom que els molestava. Els presos polítics eren deportats als camps de treball de Sibèria...–. Es va aturar perquè no volia justificar el magnicidi ni alliçonar la infermera amb coses que ella coneixia sobrerament, només ajudar-la a mirar-s'ho amb certa distància.

Tot seguit, va fer un afegitó per ser imparcial, ja que tampoc no era menys certa la vilesa i covardia dels bolxevics acarnissant-se amb dones i nens innocents pel sol fet de ser aristòcrates i, després, amb tots els perdedors.

–Els objectius de la revolució eren molt lloables, però, com totes les lluites pel poder, també va estar plena d'excessos i revenges personals. Molta gent no combat per unes idees o una pàtria, per a ells la lluita només és una forma de canalitzar el seu odi i poder exercir la violència de forma presumptament legítima, com feien els tsars emparats per la legalitat. I, per cert, el règim soviètic posterior va emular-los àmpliament enviant milions d'opositors també a camps de concentració a Sibèria, als famosos gulags. –Va afegir una altra obvietat per mantenir la perspectiva–. No és diferent del que va passar aquí durant la Guerra Civil ni del que ha passat sempre. El mateix que està passant a les guerres i les dictadures d'avui. Però havies de treure aquestes coses ara? –li va reprotxar carinyosament, i per apaivagar-lo va afegir una altra broma–. Tampoc no et creguis tot el que llegeixis a internet.

–Els llibres han tergiversat i falsejat la història.

–Però ara les mentides adquireixen dimensions incontrolables.

–És cert, ara no hi ha límits geogràfics ni filtres... som a l'era de la postveritat global –va resumir, sumant-se a la crítica però innatament incapaç d'afrontar les pitjors baixeses de la condició humana.

El pragmatisme analític de l'enginyer –la seva resiliència innata– era un element compensatori que li donava equilibri, malgrat que tenint als dits uns papers tacats amb la sang d'Anastàsia no podia ser gaire asèptica.

Ell es va aixecar de taula per tallar una altra porció de pastís per a tots dos.

–Va, menja una mica més –li va demanar mentre partia els llagostins i el salmó fumat del guarniment.

–No, gràcies, menja'n tu. A mi no em convé –va declinar ella, tapant el plat amb la mà per evitar que l'hi tornés a omplir de menjar. Li havia passat la gana.

–Tens malament els ulls –va valorar ell, i li va picar l'ullet–. Hauràs d'anar a l'oculista.

La infermera va somriure sufocada mentre el Marc li afegia una mica vi a la copa. El seu rubor es podia confondre amb el resultat de l'excés de calefacció i la ingesta de menjar. Acabava d'adonar-se de la seva falta de sentit de l'oportunitat. Aquella era la manera com pensava seduir-lo? Acabaria estabornint-lo en comptes d'excitar-lo.

–De petit sempre em sortia sang del nas –li va confiar ell, de sobte–. El metge deia que era perquè creixia molt. Saber que el tsarévitx podia morir d'una simple hemorràgia nasal m'ha impressionat molt, mai no m'havia parat a pensar en els hemofílics.

A pesar de tot, també sentia que devia als Romanov aquells moments de dol per haver-los reunit en un pis que els havia servit d'illa inexpugnable. Ningú no sabia que eren allí, estaven il·localitzables i, per tant, no existien. Aquelles hores desapareguts de la faç de la terra havien pogut ser la millor versió d'ells mateixos.

–Mai no va poder jugar com els altres nens, ni anar en bicicleta, alguns dies no podia ni caminar... –va enumerar l'enginyer amb compassió–. A la seva mare se li devia trencar el cor quan el veia.

La Nina es va posar els dits als llavis involuntàriament, sense poder apartar la vista dels de l'enginyer. Va referir-se al final d'Alexei per oblidar-se un moment de la boca irresistible del seu interlocutor. Era tan respectuós amb la gent gran que semblava venir d'una altra època, segurament perquè havia passat molt de temps amb els seus avis.

–Almenys va morir als braços del seu pare, perquè diuen que el tsar el portava a coll quan els van fer baixar al soterrani per executar-los –va explicar àtonament, per consolar-lo i consolar-se ella mateixa.

Tenia aquella imatge fixada a la retina, i en Marc, la frase d'un documental que havia vist al seu ordinador durant aquella llarga nit. Una de les vegades que li havien retret al tsar el seu isolament i falta d'interès per les qüestions d'Estat –que secundés la seva esposa en la seva obcecació per la salut del seu fill– ell havia respost que seria capaç de qualsevol cosa per no veure-la vessar ni una llàgrima més. Des del principi, s'havia sentit especialment afectat pel destí de Nicolau com a home malgrat el segle que els separava, com si tot hagués succeït feia un instant.

La infermera havia empatitzat amb Anastàsia des del primer moment perquè tenien moltes coses en comú, mentre que l'enginyer s'identificava amb el tsar perquè compartien el rol de protector, com sol passar amb les novel·les, on cada lector sent més afinitat amb el personatge que més s'assembla a ell. Però, ara, ella no podia deixar de pensar en les quatre persones restants que havien compartit el mateix calvari dels tsars. El reputat doctor Botkin, venerat per molts ortodoxos pel seu valor i sentit de la responsabilitat, no va voler abandonar el petit Alexei malalt. Com a exemple per a tota la professió mèdica i per la seva forma d'entendre el patriotisme, va complir amb la seva obligació sent molt conscient d'allò a què s'exposava. Malgrat això, eren els criats els que li inspiraven més pietat, perquè sempre serien els més anònims. Potser veneraven aquella família perquè eren servents devots que no es qüestionaven el despotisme per la forma com els havien educat. Els bolxevics devien considerar que portaven la marca de l'esclau, que eren persones servils o traïdores a la revolució i que mereixien morir amb els seus amos. Tanmateix, havien confós l'odi per l'esclavisme amb l'odi per l'esclau i havien perdut l'ànima. La Nina preferia pensar que aquelles persones que havien mort al soterrani de la «Casa del Propòsit Especial» sense tenir una alta formació ni un cognom aristocràtic eren tan íntegres i conseqüents com un tsar o un metge de llinatge. Passaven més temps amb els Romanov que amb els seus i, segurament, els estimaven i s'estimaven entre ells. També devien saber què els esperava, perquè ja s'havien adonat –potser massa tard– que els Romanov havien deixat de ser invulnerables, però per la seva concepció del món pròpia del segle XIX o perquè tenien molt de valor no devien ser la mena de gent que salta sense mirar endarrere quan el vaixell s'enfonsa, com Sir Duff-Gordon abandonant el *Titànic.*

–Mai no canonitzaran el Dmitri Voroviov –va lamentar finalment pensant en veu alta.

L'Església ortodoxa va canonitzar tots els Romanov massacrats, però també el metge de la família, el cuiner, la donzella de la tsarina i l'ajudant de cambra del tsar, argumentant que havien mort com a màrtirs. En canvi, mai ningú no homenatjaria aquell personatge desconegut que ella imaginava com un mur inamovible i que li provocava una profunda admiració. Devia tenir unes fortes conviccions i un gran coratge per sacrificar-ho tot per sostenir-les o, simplement, ser un soldat amb honor que s'havia apiadat d'una nena. En qualsevol dels dos casos, havia salvat una vida enmig del caos d'una lluita fratricida per un ordre més just i una nova Rússia.

30

La Nina havia trobat una terrina de gelat de vainilla al congelador i havia preparat una recepta improvisada. Després de posar dues boles de vainilla dins unes copes amples, hi havia escampat pols de galeta caramel·litzada per damunt i ho havia banyat tot amb un rajolinet de licor de crema catalana. Ella mateixa havia glacejat les galetes de fibra amb sucre fos i una mica de mantega, cosa que les convertia, un cop fredes, en una exquisidesa fàcil d'esmicolar.

–He fet unes postres sorpresa –va anunciar un cop l'enginyer va estar saturat de pastís de peix–. Me'n vaig a buscar-les.

–Ja hi vaig jo. No cal que facis també de cambrera –va rebutjar ell amb galanteria.

–Són dues copes que hi ha a la nevera.

Mentre el Marc recollia els plats i portava les postres, ella es va acabar tot el vi que quedava a l'ampolla, esperant que l'ajudés a desencarcarar-se davant els seus ambiciosos objectius per a aquella tarda. Tenia aquell pessigolleig constant a l'espina dorsal i la sang corrent-li tot el cos a borbollons.

–Això ho has apanyat tu soleta? M'estàs aixecant la camisa –va bromejar de retorn a la taula amb les dues copes–. El pastís de peix era deliciós... a veure el gelat.

Va seure i va agafar la cullereta.

–Te'n puc preparar sempre que vulguis, de pastissos.

Intentava començar a crear l'atmosfera adient, però ell no la va encoratjar. Davant aquell mutisme premeditat, va fer un segon intent d'afalagar-lo.

–Esteu molt units amb la Mercè? Segur que ets el seu nebot preferit.

–Hem quedat que no li direm res ni l'un ni l'altre –li va recordar, evitant respondre.

–Sí, sí... no pateixis. Tu i jo no ens hem conegut mai.

–A veure si endevino què has posat al gelat. Algun licor i... galeta? –va proposar per defugir les qüestions compromeses, i va afegir amb ironia–: Hi havia galetes bones i ens hem fotut les del geriàtric per esmorzar?

–Són les mateixes, però els he donat un toc.

–Un toc –va repetir ell amb un somriure només amistós, creient que l'havia esquivat definitivament.

–He pensat que podríem anar a veure el senyor Pujol al Walden algun dia –va proposar la Nina a continuació, persistent–. Li pots comprar vermut a Reus i l'hi portem!

Ell també ho havia pensat, però va seguir mut fins a la següent incursió de la infermera.

–Vindràs a l'enterrament, oi? –va preguntar sobtadament–. Quan sigui...

–És clar –va afirmar sense veure's capaç de tornar a callar o dir que no. Va tornar a canviar de tema immediatament–. I el Vísic?

–S'ha amagat sota una cadira de la cuina. Li he posat un coixí a terra.

–Li agraden els racons –va confirmar l'enginyer, cada cop més captivat per la reacció de la infermera després d'heretar un gat, i va preguntar–: On farà les necessitats?

Ella havia crescut envoltada de felins a la torre de la Floresta on passaven els caps de setmana.

–La Mercè té un cove ple de roba bruta a la galeria. Veuràs com ho farà allí –va augurar, amb els llavis entumits per la fredor del gelat–. Després ja ficaré tota la pila a la rentadora.

–Veig que ho tens tot previst.

–Tot, tot i tot –va bromejar, permanentment torbada.

Es van acabar el gelat artesanal amb monosíl·labs. La Nina no volia tornar al tema Romanov un cop superada la melancolia que havia provocat, i ell preferia ni mirar-la. Ja estava penedit d'haver caigut a la trampa de mirar-li de reüll les cuixes amb les mitges de licra setinades mentre li servia la copa. Les seves arracades de brillants semblaven estels sota els halògens, i l'or rosa del seu rellotge era una invitació velada al *carpe diem.*

–Prendràs cafè? –va preguntar la infermera arribats a la sobretaula.

–I que em tregui el gust del gelat? Ni parlar-ne –va refusar amb reiterada amabilitat–. Si no et fa res, desparo taula i resolem el tema dels documents. Me n'he d'anar.

–Oblida la taula, Marc, sisplau. Deus estar cansat... i encara és aviat. Per què no fem una mica de migdiada junts al sofà? Podem escoltar música.

Com l'enginyer havia vaticinat, ella ho tenia tot previst, i es va aixecar rabent de la cadira per executar el seu pla. Posaria un vídeo de YouTube d'una xemeneia per preparar l'ambient que havia escollit mentre l'esperava.

–Tatatxaaaan! –va pregonar, engegant el televisor que hi havia davant els sofàs, i tot seguit al menjador va aparèixer una llar de foc de seixanta-cinc polzades.

Les flames i el cruixir dels troncs eren infal·libles. Va anar fins a ell i li va agafar les mans per fer-lo posar dret.

–Va, no diguis que no –li va pregar.

La força de voluntat del Marc no va ser prou robusta per desairar-la, i a banda la tensió de les darreres hores també li estava passant factura. Estava esgotat però, sobretot, es donava excuses a si mateix perquè no sabia com marxar.

–D'acord, només vint minuts –va capitular, seguint-la al sofà gran però desfent-se delicadament de les seves mans.

Es va deixar caure lluny d'ella. A pesar d'això, va fingir ser benèvol amb els gustos de la infermera després d'un dinar digne d'un tsar.

–Vinga, posa un concert de Nadal del Michael Bublé –la va autoritzar amb ironia, com si li endevinés el pensament–. Però vigila el volum, no molestem els veïns.

La Nina va somriure encantada i va buscar el «Christmas in New York» ignorant que a ell, en aquella època, també li venia de gust qualsevol veu melòdica amb trompetes, cascavells i campanetes.

Va seure al sofà i es va anar apropant lentament a l'enginyer fins a acabar enganxada al seu braç dret. Havia de trobar la seva part més agosarada com fos, malgrat que gairebé no podia ni controlar les esgarrifances. Mai no havia fet res semblant –ser ella l'agent actiu que buscava una relació sexual esporàdica– ni se n'havia anat al llit amb algú que acabava de conèixer. Només havia arribat fins al final amb les dues parelles formals que havia tingut. Una datava de l'època de la universitat, i s'havia acabat quan a ell li havien ofert una feina als Estats Units i no l'havia volgut seguir perquè no saltaven espurnes quan estava amb ell. L'altra era de feia més de mitja dècada, abans de l'accident dels seus pares, i tenia moltes virtuts però també s'hi avorria tant que havien trencat de comú acord el dia que ella havia oblidat la cita al Cafè Zuric. Als trenta-quatre anys estava tan rovellada que temia que li xerriquessin les articulacions si es llançava sobre un home. Només va ser capaç de fer una proposta ínfimament descarada a la seva víctima.

–Em puc recolzar? –va preguntar, morta de ganes de posar el cap sobre la seva espatlla.

–Això no es pregunta, dona –va dir ell sense poder-ho evitar. Era la seductora més incompetent que havia conegut–. Fes-ho i avant!

Es va afanyar a complir un caprici tan modest. Estava segura que tenint-lo a prop podria dormir vuit hores seguides la resta dels seus dies, però en aquell moment l'últim que volia era tancar els ulls. I si quan els tornava a obrir ell havia desaparegut?

Molt a pesar seu, l'alcohol no li va produir els efectes previstos sinó tot el contrari. Quan va sentir la respiració profunda de l'enginyer, que havia caigut rendit de son immediatament, ella també es va adormir, assossegada pel moment més dolç de la seva vida.

31

Havia d'ignorar com fos que tenia la infermera enganxada al seu cos, asseguts tots dos en un sofà immens ple de coixins. Podia estirar-la, fer que s'obrís de cames i entrar dintre seu en trenta segons. Descarregar tot el desig escanyat i la tensió, permetre's la penetració més satisfactòria de la seva vida. Ni quan era adolescent havia estat mai tan encès.

«No, no, no. No ho pots fer, no ho pots fer. Concentra't.»

La síndrome Romanov, afegida a una nit sencera en vetlla, va ser efectiva i es va adormir poc després amb ella sobre el pit. Durant la migdiada, va posar veus i moviment a un dels episodis que havia llegit, i va convertir la segona maledicció caiguda sobre Nicolau en una pel·lícula dirigida per ell amb Grigori Iefímovitx Rasputin com a protagonista.

Aquell individu que anomenaven «el monjo boig» –un dels personatges més controvertits de la història russa– va néixer a Sibèria. Va ser lladre, membre d'una secta cristiana que organitzava orgies i va tenir fills amb diverses dones. Malgrat tot això, se'l va considerar un místic i un profeta, fins al punt que va acabar a la cort amb la pretensió de poder de curar el petit Alexei amb les seves sessions d'hipnosi i pregàries. Al seu curtmetratge oníric, l'enginyer el va caracteritzar com un individu sense escrúpols i amb una capacitat de suggestió paranormal que –procedint d'un indret oblidat al cul del món– va aconseguir seduir dames de l'aristocràcia per introduir-se a l'alta societat, i que va acabar manipulant tota una tsarina. També el va dibuixar com un d'aquells homes tocats per la sort dels pertorbats –s'autoproclamava el nou messies– que, incomprensiblement, van aconseguint tot allò que es proposen deixant molts enemics al darrere fins a caure en meritòria desgràcia. Alexandra Fiodorovna va tenir quatre filles en set anys sense que arribés l'esperat baró. Encotillada pels valors de l'època i sota pressió constant –patia molta angoixa perquè no era capaç de donar un hereu al seu estimat–, va sentir una profunda decepció quan va néixer Anastàsia, la quarta nena. Finalment, el 1904 va aconseguir donar a llum un nen, però Alexei va néixer afectat per una malaltia hereditària lligada al cromosoma X, és a dir, al sexe. L'hemofília només la transmeten les dones, i la pateixen els homes. Dificulta la coagulació de la sang, amb la conseqüència que qualsevol petita hemorràgia, tant interna com externa, pot provocar la mort. Per tant, la responsable de la seva greu malaltia crònica era ella, un fet que la va convertir en una dona encara menys valorada en un país on ja ningú no la suportava perquè era alemanya i pel seu caràcter distant. Mai no es va adaptar a la mentalitat russa, i l'afecció d'Alexei Nikolaièvitx encara la va tornar més desconfiada i obsessiva. Quan la tsarina, desesperada i amb sentiment de culpa, assessorada per la seva amiga Anna Virubova, va requerir els serveis de Rasputin –al qual precedia la seva fama d'home sant i sanador amb un poder creixent a Sant Petersburg–, el tsarévitx va començar a millorar d'una greu hemorràgia que el mantenia al llit. Així va sorgir la dependència de la tsarina respecte del místic, i també la seva estreta relació amb tota la família. Alexei continuava sent un infant malaltís que patia desmais i al qual molt sovint els criats havien de portar al coll, però el monjo aconseguia que es recuperés de les crisis i el tsar l'hi tolerava tot per aquest motiu. La resta de membres de la nissaga Romanov i de la cort, amoïnats per la relació de domini que consideraven que Rasputin tenia sobre els tsars i els seus fills, van intentar expulsar-lo del palau Alexander sense reeixir-hi. Amb el temps, Rasputin va anar introduint els seus protegits a la cort, i exercia una influència nefasta, i determinant, sobre les decisions polítiques de Nicolau II. També el clero, els polítics i la premsa es van girar contra aquell encantador de serps venjatiu i amb una mirada terrorífica, però els tsars el continuaven mantenint com a confident i conseller perquè consideraven que havia salvat la vida de l'hereu en diverses ocasions. Per tant, finalment entre la noblesa va calar la idea que l'única via per protegir uns monarques cada dia més allunyats de la realitat exterior era assassinar-lo. Va ser el príncep Fèlix Iussúpov –el monjo ja havia posat una nova diana sobre la seva bella esposa– qui va decidir convidar-lo a un àpat al seu palau, on li van servir vi i dolços enverinats. Tanmateix, en comptes de trobar-se malament, Rasputin va començar a cantar amb la resta de comensals. A continuació van optar per disparar-li, però ni diversos trets de la guàrdia del príncep van aconseguir matar la bèstia humana, i van haver d'acabar llançant-lo al riu Neva, on es va ofegar. A Rasputin se'l considera un dels principals causants de la caiguda dels Romanov, i les llegendes sobre el seu descomunal membre viril van fer acte de presència al somni de l'enginyer en forma de fal·lus de pedra gegants repicant sobre el marbre d'un palau que s'obria a un jardí cobert de neu.

Després, el somni va seguir amb les imatges figurades del testament del monjo boig, de l'any 1915, que incloïa una nota adreçada al tsar –que es conserva al Kremlin– on deia pressentir la seva pròpia mort el 1917 i posteriorment, si es produïen determinades circumstàncies, vaticinava la mort dels Romanov en un període de dos anys. Finalment, el suposat profeta va morir el desembre de 1916 a l'edat de quaranta-set anys, tres mesos més tard Nicolau va abdicar a conseqüència de la revolució i abans de dos anys tota la família reial va desaparèixer.

El Marc es va despertar sobresaltat quan va veure el gat del senyor Armengol sobre les faldilles negres d'un jutge amb la toga negra que cridava una consigna en nom de la justícia: «L'infern per als covards assassins del tsarévitx! L'infern per als que maten un innocent de tretze anys! A l'infern per tota l'eternitat!» Va obrir els ulls esperant trobar en Vísic al seu damunt, perquè notava un pes sobre les cames que havia interferit en aquell malson. Però es tractava de la Nina, que havia anat relliscant adormida fins a acabar amb el cap i mig cos a la seva falda. Ella també es va despertar, espantada a causa del moviment brusc de l'enginyer, i per incorporar-se va posar la mà accidentalment sobre els seus genitals.

–Perdó, perdó... –va barbollar fonent-se de vergonya.

Ell tampoc no recordava haver-se posat mai tan vermell i, a més, li havia fet mal. Va provar de sortir-se'n amb una broma.

–Houston, tenim un problema –va dir quedant-se quiet un moment, i després la va tranquil·litzar–. Em passarà de seguida, no pateixis.

La infermera s'havia posat dreta fent una cabriola, però de sobte es va adonar que aquell incident tan desafortunat podia ser el detonant que li permetria parlar-li obertament dels seus sentiments. Era llavors o mai, no podia permetre que agafés un tren sense haver-li dit la veritat.

–No ho he fet a propòsit... però m'hauria agra... agradat atrevir-m'hi –va confessar, balbucejant però clavant-li una mirada determinada.

–Amb més suavitat, suposo –va ironitzar ell apartant els ulls, sobrepassat.

La descarada sinceritat de la Nina l'havia agafat desprevingut.

32

La situació era estranyament violenta després de tot el que havien superat junts. La infermera havia canviat les regles de forma unilateral i el resultat era un desastre.

–No, Nina –la va defugir ell, i es va justificar amb diplomàcia–. Estàs confosa, això només és agraïment, i no em vull aprofitar de les circumstàncies. Avui t'han passat coses massa fortes –va dir posant-se dempeus.

Ella estava desolada, però encara li havia d'agrair un pretext tan elegant.

–No passa res. Oblida-ho, sisplau –va implorar, i li va fer una apreciació al seu entendre inevitable–. En tot cas, soc jo qui s'ha aprofitat de la teva situació personal... Però tant se val. Disculpa'm si t'ha molestat que et digués la veritat.

Es va apartar una mica del sofà agullonada per la humiliació i sense trobar on ficar-se mentre de fons sentia Michael Bublé acomiadant-se amb l'oportuna cançó *All I want for Christmas is you.* Els seus encants havien demostrat ser completament insuficients: no en sabia, d'escalfar un home. Malgrat tot, no volia que realment es pensés que només intentava pagar un deute.

–Et semblarà mentida, però m'he enamorat de tu –li va confiar d'una tirada.

No li importava rebaixar-se una miqueta més després de les hores caòtiques però increïbles que havien compartit. Segurament, no tornaria a veure'l mai més després d'aquell desenllaç.

–Que ràpid t'enamores, no? –va observar ell, reaccionant de manera incomprensible perquè sentia exactament el mateix. Va provar d'arreglar un comentari tan càustic com involuntari–. No soc jo qui t'agrada, només és la situació. T'has enamorat d'una situació –va resumir.

–És clar que és una situació! –va exclamar ella–. Tots ens enamorem de situacions. La situació que siguis un home tan generós, honest i...

Ell la va interrompre amb suspicàcia, decidit a abandonar el menjador.

–I enginyer –va remarcar.

–Què vols dir? –va preguntar la Nina, perplexa.

No va respondre, com tantes altres vegades, i es va encaminar a la porta per no parlar més del compte. No volia mantenir una conversa que havia evitat des del primer moment.

–Què has volgut dir? –va insistir la Nina–. Si us plau, no marxis.

Aquella súplica el va fer sentir el dolent de la pel·lícula perquè no li contestava el que pensava, com li havia passat sempre amb la Blanca. Segur que totes dues el consideraven molt brusc, però no deia ni la meitat del que opinava.

–Marc, si us plau –va repetir impotent.

–Tu no vols la veritat, tu vols seguir amb els teus contes de fades sobre mi i els Romanov –va manifestar ell a punt d'arribar a la porta, i va afegir despectiu–: Tot ben majestuós.

–Però què coi dius?

Estava esbalaïda perquè no entenia res. Però s'adonava que, en el fons, ell tenia ganes d'escopir-li unes quantes coses i deixar les evasives. Només calia collar-lo una mica més per descobrir les raons de la seva aprensió.

–Què t'he fet sense adonar-me'n? A veure, què he fet? No has parat d'enfadar-te amb mi i encara no sé per què. Què et molesta tant de mi?

No era la primera vegada que sentia que pagava per alguna falta que no havia comès.

–I si resulta que no soc enginyer?

El Marc havia tornat fins al sofà, on ella encara tenia el rostre descompost pel rebuig que havia rebut i, aleshores, també per la confusió.

–No t'entenc...

–I si resulta que no vaig acabar ni el batxillerat per posar-me a treballar perquè els meus pares passaven dificultats? I si resulta que no soc el nebot de la Mercè i només vaig venir a aquest pis perquè no em puc ni pagar un hotel? I si, en realitat, soc el porter d'aquest edifici i la moto és d'un amic perquè em vaig haver de vendre la meva per pagar deutes?

Ella havia fabricat un personatge –una mena d'heroi– que no existia fora del seu cap.

–Ets el porter? –va preguntar de manera retòrica, atordida.

–Ja tens el que volies –va certificar ell, i va ser molt gràfic–. No és que totes les dones del veïnat estiguin colades per mi, és que arreglo antenes, aires condicionats, rentadores i el que convingui per treure'm un sobresou. Com ho veus?

–Per què em vas mentir? Per què em vas dir que ets enginyer? –li va demanar la Nina, dubtant.

–Et vaig dir que era aquí per un projecte, i automàticament em vas preguntar si era arquitecte o enginyer. Em va semblar que patiries una decepció enorme si et deia que era un mecànic que ara fa de porter. Al teu món de Pin y Pon tothom ha de tenir una carrera i treballar en un lloc sofisticat.

–Jo soc infermera... –va mormolar ella amb ironia, atònita després d'obtenir l'explicació de l'animadversió infundada que destil·lava contra ella.

Tanmateix, per fi ho entenia tot. Les indirectes quan li feia comentaris que delataven la seva posició social, les reaccions si intentava ser amable, el motiu pel qual havia volgut que pugessin al pis separats, la recança a parlar de la Mercè o que els sentís algun veí. Ràpidament, va fer una anàlisi de la situació. Era molt obvi, no entenia com li havia passat per alt, capficada tan sols en els documents dels Romanov.

–Per això creus que la teva dona t'ha enganyat... Perquè ella té estudis i tu no –va deduir pensant en veu alta–. Ella és d'una família acomodada i et penses que troba que no estàs a la seva alçada.

El Marc va fer la temptativa de marxar, però, un altre cop, va poder més el seu caràcter.

–No és que m'ho pensi, és que li fa vergonya que la gent sàpiga on treballo ara! –va esclatar traient foc pels ulls–. Ja s'embarbussava sempre que havia d'explicar que soc mecànic, imagina't un porter!

Poques vegades havia estat tan irritat per expulsar tot el que pensava sense mesurar ni una paraula. Havia abandonat la feina en un bon taller de Reus per la bacinada de la Blanca de marxar a Barcelona. Un cop allí, havia estat cap de manteniment en una fàbrica de l'Hospitalet fins feia mig any, però havien plegat a causa de la crisi i el mateix propietari li havia ofert treballar de porter al seu edifici fins que trobés una altra cosa. Aquella feina no li agradava perquè tractar amb la gent no era la seva especialitat, però, sent pràctic, li permetia guanyar més diners que abans perquè es treia uns bons extres fent de manetes entre els mateixos veïns i pel barri.

–He fet moltes feines, i quan les he perdut n'he agafat unes altres! El que sigui per no haver de demanar un duro a ningú! Mai!

Encara no ho havia dit tot ni pensava estalviar-se cap detall del context.

–A ella li és igual quedar-se a casa tot el dia perquè no troba cap agència de publicitat prou de la seva categoria. Si no arriben els calers, pot trucar al papa perquè li faci una transferència i tot arreglat! Però a mi no em donava la gana d'estar sense fotre ni brot vivint d'ella perquè no passés vergonya davant els amics. Li vaig dir que si demanava un cèntim al seu pare la deixaria.

La Nina acabava de descobrir-li una faceta tan decebedora com comuna.

–Què importa, si són els seus diners o els teus? No esteu casats? Tan primari ets? Tan masclista? –va descriure'l en forma de pregunta, esmaperduda pel cavernícola que acabava de sorgir davant els seus ulls.

El Marc va replicar, absolutament fora de si.

–Masclista perquè vull que visquem del nostre esforç? Els diners no són d'ella, són del seu pare, collons! –va proferir amb una agressivitat que va fer retrocedir mig metre la infermera–. Soc un masclista per haver treballat com un cabró des que vam venir a Barcelona perquè no li faltés res? Estic fent reparacions de nit si fa falta, i arreglant cotxes els diumenges per guanyar més diners! Què més he de fer per ser prou bo per a les consentides com vosaltres?

La Nina no va obrir la boca, espantada de contradir-lo per si s'enfadava encara més, tot i que no sabia què dimoni li estava dient a ella. Sempre havia fet jornades de més de dotze hores a la Boqueria i ara feia el torn de nit a la Vall d'Hebron. Mai no li havien caigut els anells pel fet de treballar ni havia presumit de res malgrat que la seva família fos acomodada des de feia generacions i tinguessin propietats que valien milions. Ben al contrari, li agradava ser útil, vivia amb senzillesa i odiava els esnobs.

Però el porter va seguir descarregant la seva ira sobre ella. Considerava que s'ho havia buscat per insistir tant, però, sobretot, perquè feia setmanes que s'aguantava la ràbia de saber que la seva dona l'enganyava per revenjar-se.

–No podia conformar-se amb el que tenim i ser feliç? Sempre ha buidat els comptes del banc per fer-me sentir com una merda! La millor roba, les millors sabates, restaurants... Fins que ens ho han embargat tot!

La jove va fer un esforç per posar-se al seu lloc. Mirava d'entendre el seu punt de vista mentre ell provava de calmar-se; s'havia girat d'esquena intentant controlar la respiració per no carregar contra la persona equivocada un altre cop. Haver-li explicat tot allò no tenia cap sentit ni aspirava que ho comprengués. Només havia estat una manera de desfogar-se d'una vegada. Havia tingut ganes de donar cops de puny a la paret fins que li sagnessin els nusos dels dits, però aquella història estrambòtica amb la Nina –haver coincidit amb ella en aquell pis– no li havia permès fer la purga interior que necessitava, trampejar-ho sense donar-hi més tombs i recompondre's com havia fet sempre davant les adversitats. Només li haurien fet falta unes quantes hores per poder marxar cap a Reus havent passat pàgina d'una relació destructiva que l'estava trinxant des de feia temps –i de la qual per fi havia pogut escapar-se, encara que fos a costa de la seva autoestima masculina–, però no havia disposat d'aquell temps de recuperació imprescindible.

La infermera va gosar parlar perquè també tenia coses guardades des que la nit anterior s'havia trobat cara a cara amb ell i l'havia tractada com un estereotip tan bon punt havia descobert qui era.

–A mi no em posis al mateix sac que la teva dona. Se me'n refot si ets porter, mecànic o ministre, només m'importa que siguis bona persona –va resumir amb una actitud tan ofesa com categòrica.

El Marc es va girar i li va fer una observació amb mala entranya:

–No estaves acostumada que el teu pare t'ho resolgués tot? Per això a la primera de canvi corres a demanar auxili al teu cosinet ric i ben relacionat.

A ella li va semblar molt mesquí que l'acusés de ser una persona dependent quan havia actuat desbordada per la transcendència dels esdeveniments.

–No penso ni contestar –va subratllar–. No en saps res, de mi.

Havia optat pel desdeny, però això no va aturar l'esbravada de l'enginyer.

–Sé que t'agrada tenir rellotges d'or i brillants.

Que la tractés de frívola ja feia riure, per més alterat que estigués.

–Vols veure què faig amb el meu rellotge? –li va preguntar amb un somrís víric.

Se'l va treure del canell en un accés d'indignació i va anar directa a la balconada. Abans ell no la pogués aturar, va obrir-la per llençar-lo tres pisos avall.

–Estàs torrada o què? –va fer el Marc davant el balcó sense poder evitar que fes una temeritat.

Quan la infermera va tornar a entrar al menjador, va retirar-se de la doble porta perquè no es pensés –ella havia fet un gest involuntari de precaució– que pensava pegar-li. Des que havien encetat aquella discussió, li semblava que la Nina feia cara d'esgarrifada. Però s'equivocava, perquè ella estava tan enfadada que ja no recordava que, per un moment, li havia preocupat que no li clavés una bufetada confonent-la amb la Blanca.

–Pots haver matat algú amb el rellotge, estàs tocada de l'ala –va observar ell.

Tanmateix, aquell rampell de la Nina l'havia deixat descollocat.

–Si et cau al damunt un Chopard no et mata, imbècil. Només et maten els rellotges barats que porteu els acomplexats com tu –se'n va burlar ella amb la sang en ebullició.

Que l'hagués insultada en comptes de tenir-li alguna consideració després d'haver-la rebutjat –quan el desencadenant d'aquella baralla havia estat una confessió sincera dels seus sentiments– era més del que pensava tolerar.

Va anar de dret a buscar la seva bossa, que havia deixat sobre el bufet del menjador, i va treure els quaranta euros en efectiu que li quedaven dins el moneder. Va anar on era ell amb els bitllets a la mà.

–Té, per pagar els ingredients del pastís i el vi! A mi tampoc no m'agrada deure res a ningú!

–No cal, dona. Encara em puc vendre l'altre ronyó –va bromejar, fent gala del seu caràcter més ofensiu.

Ella li va tirar els diners a la cara –un gest que el va molestar enormement– sense voler discutir més i va girar cua per anar a posar-se les sabates i marxar. Però el Marc va recollir els bitllets de terra fent-li notar la seva discrepància.

–Un me l'he menjat gairebé tot jo, i l'altre, te'l regalo.

Va sostenir els bitllets fent-los onejar i la Nina va sentir al clatell la brisa del desafiament. De seguida, va tornar enrere per replicar-li amb molta tranquil·litat:

–Et pots ficar l'altre pastís on et càpiga.

Ja no estaven alterats ni l'un ni l'altre; havien passat a la fase següent, que era molt pitjor. Ara la Nina li diria el que pensava de debò, ja que ell s'havia despatxat irreflexivament sense contemplacions.

–Saps què? T'hi vas casar perquè vas voler, per tant, et fots. Si la teva dona t'ha enganyat, potser és que t'ho has buscat per arrogant i malparit. Ara no et lamentis i facis el ploricó: tens el que t'has guanyat. Supera-ho!

–M'ho diu la que encara viu sis anys endarrere.

A la Nina li van rajar les llàgrimes, aquella vegada sí.

–No t'atreveixis a comparar el teu matrimoni trencat amb la mort dels meus pares. D'aquí a quatre dies ja estaràs amb una altra dona que es desviurà per tu. Tens pares, avis, germans i nebots. Jo no tinc res! –Va repetir la paraula amb la veu segada pel plor–. Res!

El Marc va tancar els ulls una mil·lèsima de segon durant la qual va repassar tot el que havia dit sense cap justificació, més enllà d'un ressentiment que no era responsabilitat de la infermera. Havia actuat dominat pel pànic de no ser l'home que ella s'imaginava, i havia mostrat la seva part més fosca perquè ja no hi hagués marxa endarrere. Però, arribats a les conclusions finals, no resistia la idea d'haver renunciat a ella voluntàriament i, a més, haver-la ferit.

33

Només s'havia de calçar les vambes blanques que havia deixat a l'habitació de convidats, agafar la seva jaqueta de llana i ficar la carpeta dins la bossa. Tornaria a recollir el gat i endreçar-ho tot quan ell no hi fos. Va estirar les sabatilles de sota el llit, però es va aturar abans de posar-se-les perquè tenia el porter de l'edifici darrere seu.

–Em sap molt de greu, Nina. No penso de tu res del que he dit.

–Fot el camp d'aquí –li va ordenar sense girar-se, concentrada en la finestra que donava al celobert.

–Penso exactament el contrari –va confessar.

Havia perdut l'enteniment per ella des del primer moment, havia començat a estimar-la en qüestió d'hores encara que semblés impossible, estava segur que podia ser la dona definitiva de la seva vida i sempre havia odiat els clixés i les etiquetes, per raons evidents.

–Ves a la merda –va fer la infermera com a resposta i, notant que ell s'apropava, va gesticular per donar-li un ultimàtum–. Ni se t'acudeixi tocar-me –li va prohibir, sulfurada, mentre continuava de cara a la paret, i sense misericòrdia va escopir una imatge que de sobte li havia vingut a la memòria–. Vas tenir la barra de voler-me treure d'aquesta casa! Quan jo sí que soc amiga de la Mercè i tu només ets el porter!

–Jo li rego les plantes i soc molt amic dels seus geranis.

Ella va perdre els estreps completament.

–Com t'odio, pelat fastigós! –va exclamar, amb els punys closos i els llavis serrats.

El Marc havia tornat a protegir-se amb el recurs de l'humor, però ja no podia més. Aquelles dues paraules van ser el detonant. Totes les misèries de la seva vida li van caure al damunt sense que pogués seguir fingint enteresa. No recordava la darrera vegada que li havien saltat les llàgrimes.

–Perdona'm, si us plau.

Van transcórrer uns segons decisius enmig un silenci ensordidor. Per la manera com li havia tremolat la veu, la Nina havia oblidat automàticament totes les seves impertinències. No es podia ni imaginar com devia ser trobar la teva parella amb un altre, i no havien transcorregut ni vint-i-quatre hores. Estava desmuntat i, en canvi, s'havia passat el dia pendent d'ella tot i que gairebé ni la coneixia, i la majoria de coses que havia dit eren improcedents però certes. Fins a quin punt aquella dona i aquella relació devien haver-lo enfonsat perquè s'avergonyís del seu ofici i estigués constantment a la defensiva. En realitat, el que l'havia exasperada era el fet que haguessin discutit més que no pas les bajanades que s'havien dit mútuament, sense oblidar el seu propi acte impresentable de llençar el rellotge balcó avall. Però no pensava cedir amb tanta facilitat quan s'havia passat el dia posant-se en evidència i maldant per retenir-lo mentre el porter es guardava totes les cartes i li dedicava infinitat de sarcasmes, inclòs el més recent. A més, finalment, era ell el mentider. Volia que sofrís una mica més, i pensava marxar tot i que es recargolava de ganes de quedar-se.

–D'acord, ja ho he oblidat. Però ara me n'he d'anar.

Es va girar prou de pressa per enxampar-lo plorant i gaudir veient com s'eixugava els ulls precipitadament amb un gest d'extrema incomoditat. Cap d'aquelles humiliacions no formava part dels plans ni de l'un ni de l'altre, però el tren que havien agafat els havia obligat a doblegar-se per arribar a la darrera estació. Així i tot, en comptes de gaudir amb la caiguda de l'home imbatible de metre noranta, en veure'l amb els ulls envermellits com un nen petit havia experimentat una tendresa infinita.

Va seure sobre el llit i es va concentrar per posar-se les espardenyes i disfressar l'estremiment que havia sentit. Malgrat la seva falsa determinació, tenia els dits entumits i va trigar molt a lligar-se els cordons, un temps que va temperar els ànims dins l'habitació a pesar de l'agitació de tots dos. Quan ja era al llindar de la porta, el Marc va recórrer al tema crucial per no deixar-la sortir.

–Que faràs amb els documents?

Hi havia posat el coll per ajudar-la.

–No és assumpte teu –va manifestar, però aquella pregunta, previsible, li havia recordat per què estava tan frenètica per posseir-lo.

Ara que coneixia les seves circumstàncies econòmiques, encara tenia més mèrit que hagués pagat tant l'esmorzar com el dinar i que ni per un moment hagués vist aquell material com una curiositat que podia donar algun rèdit o com un possible tresor inesperat, tan sols com l'encàrrec d'un vell moribund que calia respectar. Era la mena d'home que no es quedava mai res per a ell, el bon fill, el germà gran amatent, el marit voluntariós.

–Si us plau, Nina, no em castiguis més.

Tornava a suplicar, i ella va tenir un instant de vacil·lació que el porter va aprofitar per agafar-li la mà.

–M'he passat tot el dia darrere teu, és l'únic que em mereixo?

–Has dit coses que m'han dolgut molt.

–Ja ho sé, ja ho sé. Ho sento –va pronunciar amb una veu tènue, i la va empresonar suaument entre el seu cos i la paret.

Va acariciar-li els llavis amb els dits reiterant les seves disculpes–. Ho sento molt.

–Ara és fàcil repetir que ho sents molt –va dir com una impostora, perquè amb prou feines podia refrenar les ganes d'abraçar-lo i dir-li que no importava. Que el coneixia prou per saber que ho lamentava de veritat i que ja no es disculpés més.

El Marc va seguir recorrent-li el rostre amb els dits mentre la mirava fixament i li mantenia la mà agafada, amb el cor de tots dos bategant a cent per hora. Després, va apropar la seva boca a mig centímetre de la d'ella. Tots dos estaven massa desesperats per allargar gaire més les negociacions prèvies a la reconciliació.

–Volia que aquest dinar... fos perfecte –va confessar la infermera amb la respiració entretallada mentre ell li apartava els cabells del front per poder mirar-la bé.

–No necessitaves el maquillatge ni aquest vestit... Ja estava impressionat –va garantir-li ell envoltant-li el coll amb les dues mans.

Li va besar la part superior dels llavis pel que havia vist dins els seus ulls. La receptora de la invitació no li va correspondre, però ell va sentir que només ho feia per un darrer reducte de vanitat. Per tant, la segona vegada la va besar apassionadament, fins que la infermera no va poder evitar que li fiqués la llengua dins la boca. Ja estava perduda, i un anhel descontrolat es va apoderar del seu cos de manera definitiva.

Lluitava contra aquella ansietat inhumana però tot la delatava. La respiració accelerada, les pupil·les, l'abandonament de qualsevol resistència. El Marc va fer-li una pregunta per mesurar els seus propers moviments:

–Quant de temps fa?

–Més de... sis anys –va confessar amb la veu ofegada, i desviant la mirada amb el pols a punt de rebentar.

Ell també acumulava tres mesos d'abstinència, i ja feia massa estona que estava al límit de la seva resistència, però encara podia fer una broma per a rebaixar la insuportable tensió sexual.

–Amb quina mida de vibrador he de competir?

La Nina va somriure sense voler, perquè l'última cosa que volia era aplaudir les seves gràcies, i ell li va devorar els llavis un altre cop per no anar tan de pressa. Però la cremallera dels seus pantalons ja no resistia més. Va fer un darrer comentari, perquè no tenia preservatius i no s'imaginava que ella estigués prenent anticonceptius.

–Ja he pagat molt car un embaràs ni desitjat. Et podràs ocupar de solucionar-ho? –li va pregar en forma de pregunta, i alhora li havia donat la justificació del seu casament equivocat.

–Sí, és clar –va afirmar ella, conscient de la gosadia que estava a punt de cometre fent-ho sense cap mena de precaució per primera vegada. Es prendria la pastilla de l'endemà a l'hospital, i en la resta de riscos no hi volia ni pensar.

Anar fins al llit resultava impensable. La posició era perfecta per al porter, i ja no podia reprimir-se més. Es va desfer dels pantalons i els bòxers. Tot seguit, li va apujar la faldilla mentre ella evitava mirar avall. Va ficar-li una mà dins l'escot i va fer lliscar l'altra dins la seva roba interior per preparar-la.

–No, no –va tremolar la infermera.

No volia preliminars ni atenuants. En aquell pis no havia necessitat ser una altra persona en cap moment. No pensava perdre la deslliuradora franquesa que havia trobat amb un estrany i volia que ell fos tan salvatge com havia estat fantasiejant.

–Manes molt, tu –va fer notar el Marc amb ironia, i va insistir perquè volia que tot fos irreprotxable–. Sense anestèsia, n'estàs segura?

–Segu... ra.

Col·locar-la com li vingués de gust era fàcil amb la seva força i complexió. Li va estripar les mitges i les calcetes de blonda per poder-li separar les cames i aixecar-la. Malgrat l'excitació, volia penetrar-la amb la màxima cura possible i, per tant, va començar a entrar lentament.

–No paris, no paris –va suplicar la Nina superada la primera estripada.

Després, va venir la sorpresa d'un plaer tan intens que li va eriçar tota la pell i la va fer gemegar quan encara no havia arribat ni al principi de l'orgasme.

–Déu meu! Marc, Marc! –va cridar tot just al preludi del que li esperava.

34

Abans de la mort dels seus pares, sempre havia estat moderadament contenta. Tenia una existència conformada i plàcida, sense estridències. Ara s'adonava que no s'havia enamorat mai abans i que no havia tingut una primera experiència de veritat. En aquells moments era com si li explotessin totes les cèl·lules del cos. Havia estat una hora de sexe desconegut, fabulós, però es quedava amb les seves abraçades aviciadores i les carícies, i amb el fet que ell s'hagués preocupat tant pels seus sentiments. Constantment li preguntava si estava bé i com se sentia, mentre la besava d'una forma imparable. Que com se sentia? A prop de desmaiar-se de plaer i sense haver ni sospitat que pogués existir tanta felicitat. Per primera vegada, era en un llit però no tenia ganes de dormir i perdre's ni un segon de ser conscient de tenir-lo al costat. A quarts de set de la tarda, necessitaven descansar un moment. La infermera es va recolzar sobre el seu pit i ell la va envoltar amb el braç. Tenia un tors llis i tens que era com una seda irrompible. S'havia posat una samarreta, perquè encara se sentia inconfessablement sobresaltada per la proximitat física amb ell i tot el que havia passat entre aquells llençols.

–I això? –va preguntar-li resseguint amb els dits una cicatriu allargada que tenia a la part inferior del coll.

–Treballant en una benzinera quan era molt jove.

–Qui va... guanyar?

–Tu qui creus? –va presumir exercint de fanfarró, però ja no podia enganyar-la.

La Nina havia constatat que només era la seva manera d'ocultar el calçasses que hi havia sota aquell físic intimidatori. Ningú no podia ser tan fort i suau alhora. No devia ser real, res d'aquell dia ho era. Tampoc no ho era aquella dona que s'havia entregat al sexe sense repressions ni preocupada per si estava massa grassa o si no era prou experta fent fel·lacions. Tampoc no s'havia avergonyit de gaudir del sexe oral amb el llum obert. No havia patit per aquelles coses ni un instant, perquè no havia tingut temps de pensar. Tot havia estat extraordinàriament fàcil i natural amb ell.

–M'encanta l'olor que fas –va dir per evitar els silencis, que al porter no semblaven importar-li. Però ella temia que si callava se sentissin els mecanismes del seu cor.

–De què?

–D'home.

–La majoria de la gent en diu olor de suor –va fer-li notar amb el seu to sarcàstic, un altre cop defugint les adulacions, i es va fer una pregunta en veu alta–. Per què us agrado tant, a les dones de casa bona? Soc una mena de mascota exòtica?

La infermera es va posar a riure i li va donar una explicació que ell no li va permetre acabar.

–És per la teva enorme p…

–No siguis vulgar, nena rica –li va prohibir tapant-li la boca.

Havia estat molt cavallerós tota l'estona i ni tan sols havia fet cap al·lusió a la seva condició d'infermera amb uniforme, no li agradaven els recursos pedestres al llit. Però no va poder evitar que la Nina continués rient i fent broma.

–Aquestes veïnes que sempre tenen la rentadora espatllada, et fan pujar a casa seva quan hi ha els seus marits o quan no hi són?

Com a resposta, es va posar sobre ella amb els seus noranta quilos de musculatura. Quasi no la deixava respirar deliberadament, i encara li va agafar els canells perquè fos un placatge complet. No volia que tingués escapatòria.

–M'enganyaries? Em faries patir? Estaríem sempre discutint? –va plantejar com una hipòtesi.

–No siguis ridícul, en algun moment hauríem de dormir –va bromejar la Nina per dissimular que estava boja d'alegria per aquella declaració implícita.

Ell acabava de marcar l'inici d'una relació oficial a la seva manera de perdonavides i home escarmentat que encara es llepava les ferides d'una relació molt destructiva. Estava commoguda i gairebé no li quedava oxigen, però també havia de fixar les seves condicions abans d'entregar-li l'ànima a un individu terriblement orgullós en una relació que podia ser una agonia –l'estocada definitiva a la seva ànima– si no arribaven a una entesa.

–Jo no necessito luxes ni fer grans coses, al contrari. M'agradaria tenir una vida feliçment insignificant amb algú que m'estimés –es va explicar amb precisió parlant de la mateixa manera indirecta–. Però no podria estar amb una persona que no pogués acceptar que disposo de propietats familiars que m'estimo molt i de diners heretats dels meus pares. Si això el fes sentir amenaçat o inferior, significaria que es tracta d'una persona realment inferior.

Tenia les idees molt fermes, però se li havia trencat la veu perquè era conscient que s'arriscava que el somni s'esvaís completament per haver deixat de comportar-se com la dona extasiada que ell podia manejar amb un sol dit. Només volia dir-li una darrera cosa abans de conèixer la seva sentència:

–Deixa'm cuidar-te una mica –li va suplicar.

El porter la va penetrar molt fort, però després es va quedar quiet dintre seu sense acabar de satisfer-la. Seguia exercint una pressió asfixiant sobre ella, esperant que comencés a ploriquejar de luxúria.

–Torna a repetir que sóc un pelat fastigós.

Esperava una rectificació abans de donar-li el que volia.

–Ets un pelat... fastigós –va reafirmar sense esmenar-se.

Però ja no podia dir res més, només gemegar de plaer.

–No rius, ara, A-gus-ti-na?

35

Alguns sostenien que Nicolau Romanov no havia estat un individu culte, tímid i dialogant al qual no li agradava governar, com deien alguns, sinó que havia perdut el control de la situació i s'havia deixat prendre el poder perquè era vanitós i menyspreava la política, i la seva esposa era una reaccionària i una paranoica que en sentir-se rebutjada pel poble rus s'havia replegat en si mateixa i la seva família. Allò era responsabilitat d'ells, però no el fet de ser tots dos nets de la reina d'Anglaterra. Victòria I era la seva àvia, i tots som fills dels nostres pares i avis i de la nostra història. Les joves tsarines Romanov i el tsarévitx –una criatura malalta que juntament amb la sang reial havia heretat l'hemofília– havien nascut en un palau, però aquella circumstància no eren ells. Els seus botxins no els coneixien, no en sabien absolutament res, llevat d'on vivien i de com vestien, però havien confós l'aversió al que representaven amb ells. Els que rebutjaven la religió, paradoxalment, els havien atribuït un pecat original inesborrable. Els havien cosificat i condemnat a mort sense cap dret a una defensa quan només els seus actes els podien definir.

Al Marc ja no li importava la traïció de la seva dona, al contrari, perquè havia constatat que les variables d'un fet desgraciat poden conduir a la felicitat. En aquell llit acabava d'esbrinar el motiu pel qual havia anat a parar a aquell pis el 23 de desembre de 2016, a les portes del canvi d'any, i havia deixat de ser un escèptic. Estaven predestinats a viure un miracle de Nadal que havia començat a gestar-se un segle abans per fer bona la ingènua frase que l'amor ho pot canviar i curar tot. No podia ser una altra casualitat d'aquell dia inversemblantment ple de casualitats que, per primera vegada, reposés amb serenitat després de fer l'amor. Als setze anys, el Marc havia treballat de dilluns a diumenge en un càmping de Salou durant tot l'estiu i es quedava a dormir en una rulot que li havien assignat. Com que semblava més gran de l'edat que tenia, per aquella petita autocaravana havien passat la meitat d'estrangeres del càmping, que li havien ensenyat coses que ell mai no gosaria demanar a una dona. Després de la consumació, però, venia una sensació de penediment i buidor interior que l'havia seguit acompanyant amb la Blanca. Amb ella també experimentava un plaer culpable, perquè no l'estimava prou ni s'havia donat mai del tot. Sempre s'havia reservat alguna cosa per a ell, els seus veritables sentiments i pensaments. Sempre estava preocupat per representar una duresa i una indiferència que en realitat no tenia, i sempre actuava amb prevenció. Però la Nina li havia demostrat que no li calia protegir-se d'ella, i que aquella afirmació del senyor Armengol referida a Anastàsia contenia tota la saviesa universal: no era important qui era ella, només com era.

La dona d'ulls violeta que havia monopolitzat els seus pensaments des del primer moment també demanava excuses de manera implícita contínuament, perquè, en el fons, havia arribat a creure que es mereixia la seva penitència per haver nascut, com Anastàsia, sent tan privilegiada. Però ni Anastàsia era una duquessa ni ell un porter i, per fi, es podia perdonar a si mateix.

36

El gat el mirava mansament ajagut dalt d'un dels armaris de la cuina, fent un rum-rum de benestar com si hagués trobat la llar que buscava.

–Ja has après a saltar? –el va saludar el Marc, somrient.

Va agafar un got i se'l va omplir d'aigua de l'aixeta perquè estava assedegat. Esperava que la Nina acabés d'eixugar-se els cabells, però ella va entrar de seguida amb el mateix cap d'escombra que duia quan l'havia coneguda. No semblava tenir una relació gaire estreta amb l'assecador. La va despentinar encara més amb la mà que no sostenia el got.

Tots dos anaven amb texans i samarreta i els peus descalços.

–Para, Marc! –li va ordenar, fent la mateixa acció de servir-se aigua de l'aixeta.

–És com m'agrades més.

–No em miris... així –li va pregar, perquè era massa esfereïdor tenir-ho tot de sobte. Algú que la mirés, l'abracés, li fes l'amor d'aquella manera.

–Beu –li va ordenar el Marc bromejant, perquè ella estava petrificada amb el got als dits.

Havien de recuperar els fluids corporals.

–És millor la mineral –va constatar ella fent una ganya després d'empassar-se l'aigua d'un sol glop.

–Tot bé, Nina? –li va preguntar per enèsima vegada.

–I tant –li va garantir ella somrient amb un rubor inevitable.

–De debò aniràs a l'hospital avui? No creus que et mereixes un armistici? –va plantejar-li, sense ganes de separar-se'n ni un moment.

–M'hi vaig comprometre i no puc faltar. Ningú no vol anar a treballar la nit de Nadal –va argumentar amb un sospir, encara que tampoc no tenia ganes de perdre'l de vista ni un segon.

El porter no tenia res a objectar del seu sentit de la responsabilitat. Va procurar mirar-la amb menys intensitat mentre deixaven els gots buits, però seguien recolzats a la pica a escassa distància.

–Santacana és el meu segon cognom, te'l vaig dir perquè no el sap ningú. Em dic Marc Bacardit.

–A mi em fascinen els rellotges amb brillants –va admetre amb ironia, somrient.

Després del torn de confidències, ell va començar a vorejar els temes més delicats.

–On dinaràs demà?

–A casa d'una amiga.

–La veritat, dona.

La infermera va desviar els ulls per la manera com havia arribat a conèixer-la en tan poc temps. No calia ser clarivident, només un amant atent.

–Em quedaré a casa cuinant i escoltant l'Orfeó Català, com feien sempre els meus pares aquests dies –va confessar amb recança, i va ser encara més descarnadament sincera–. Havia d'anar a Estocolm amb la meva germana però vaig decidir que no. No vull ser la captaire que algú ha d'acollir per Nadal com en el conte de Dickens.

–I jo soc l'orgullós –va constatar ell carregat d'ironia. Després, va anar directe al seu centre de gravetat–: I si t'acullo jo? Vols venir a Reus amb mi? Podem marxar quan pleguis demà al matí.

La Nina havia fet un esforç per mantenir el seny. Feia hores que intentava entendre per què li estava passant a ella. Com totes les persones a la fase més inclement de l'enamorament, tenia la sensació d'estar a punt de caure de la cornisa d'un edifici de vint plantes.

–Pensaran que som uns desvergonyits, però si te'n veus capaç –la va advertir el porter, bromejant per afluixar l'acceleració del seu propi cor mentre esperava una resposta. En qüestió d'hores havia passat de sentir-se un fracassat que havia perdut la feina, la dona i la casa –per ordre cronològic– a tenir davant seu tot allò que sempre havia ambicionat.

–És el que som, tu un desvergonyit i jo una rapinyaire –va admetre la infermera, somrient amb totes les parts del cos desplaçades: els pulmons a l'esòfag, l'estómac a la tràquea, el pubis repartit per cada centímetre del cos. No sabia on parava la part del seu organisme que, suposadament, havia de sentir remordiments per haver-se quedat el marit d'una altra. Va afegir una altra obvietat, intentant que no es notés que li venien unes ganes nervioses de riure–: Va tenir la seva oportunitat.

El Marc també va somriure, perdut en un sol pensament: saber retenir-la per sempre i que allò que Anastàsia Romanova havia unit no pogués separar-ho res ni ningú. Es consumia de ganes de presentar-la a la seva família, com un adolescent efusiu que frisa per veure'ls la cara de sorpresa. Podia semblar una criaturada o una fugida endavant irresponsable, però no era una decisió irracional presa amb la visió borrosa d'una borratxera emocional i sexual. Al contrari, mai no havia vist res tan nítid. Havia trigat tant a trobar-la que ara no pensava perdre ni un minut a viure-ho tot amb ella i ser afortunat, per fi.

No obstant això, havien de preservar el passat que els havia anat a buscar abans de començar el futur junts.

–Vols que t'ajudi a prendre la decisió correcta? Podem carregar la responsabilitat junts, si et sembla.

Aquell oferiment resumia tota la seva personalitat i el que podia ser la seva relació si ella també es deixava ajudar de veritat. La Nina no va dir res, però la resposta era dins els fars blaus que l'observaven atentament mentre seguia aferrada a la pica.

–Et va semblar un home en plenes facultats, el senyor Armengol? Va delirar o divagar en algun moment?

–Va tenir el cap molt clar fins al final.

–I què li vas prometre? –va insistir un cop més.

Ella era conscient del que havia de fer –ho havia estat sempre–, però costava tantíssim.

–Si destrueixo els documents no podré canviar d'opinió. Però... si els conservo un temps...

El Marc va recórrer la distància que els separava per agafar-li el rostre amb determinació.

–Sempre formaran part de nosaltres, però hem de permetre'ls marxar.

La conclusió era davant dels seus nassos, però s'havien dedicat fer complicades les coses simples.

–Deixar-los descansar –va mormolar ella.

–Quan va poder escollir per primera vegada, va escollir ser anònima –va manifestar el Marc glossant la voluntat d'Anastàsia.

A ell també li costaria desfer-se d'un material que li havia canviat la perspectiva radicalment, com si hagués passat les darreres hores dins una cambra de descontaminació que l'havia deixat net de qualsevol dolor i del seu agnosticisme sobre l'existència dels miracles. S'havien mimetitzat amb aquelles persones i, d'alguna manera, ja eren dintre d'ells. La mera idea de desprendre's del llegat del senyor Armengol tallava com l'acer, però ho havien d'acabar.

–Tu creus que va poder trobar la pau, aquí? –va preguntar la Nina de forma retòrica, demanant a les altures la resposta que necessitava.

Implorava que fos que sí, que totes les ferides i l'horror haguessin quedat apaivagats per la bondat del Dmitri Voroviov i, més tard, per la devoció dels Armengol, que li havia permès recuperar la fe en els homes.

–És clar que va trobar la pau –li va confirmar ell–. I el senyor Armengol també va ser feliç a la seva manera. Estava envoltat de rostres i records. Igual que ningú no et pot prendre el record dels teus pares i, per ells, ets la persona a qui un desconegut va confiar la cosa més valuosa que tenia.

–Saps... què penso? –va afegir la Nina titubejant d'emoció–. Va ser millor que a Anastàsia no li toqués viure la Guerra Civil d'aquí i que no sabés res d'una Segona Guerra Mundial. Quantes guerres és capaç de suportar una persona sense quedar totalment devastada?

No podia evitar pensar que tots els que havien caminat per l'Europa de la primera meitat del segle xx havien estat sacsejats per conflictes sagnants constants que havien determinat la seva existència i manera de fer, un temps convuls i infaust que els afortunats nascuts a la Catalunya dels anys vuitanta com ells no podien ni començar a imaginar.

–No sortim mai d'aquest pis. Mai, mai! Quedem-nos amagats al sofà sota una manta! –li va pregar la Nina, i el va abraçar impulsivament com si alguna cosa l'estirés des de dins.

No volia deixar-lo anar ni exposar-se a un món exterior ple d'infortunis i decepcions, no podien permetre que els trobés cap mal esperit que pogués perjudicar-los o separar-los. N'havia tingut prou amb aquelles hores de viure moltes vides en una de sola per estimar-lo. Un dia durant el qual l'havia vist enfadat, compadit, content, disgustat... però sempre, inclús en els pitjors moments, al seu costat s'havia sentit al lloc més sòlid i segur de la Terra. S'havia convertit en el seu amant però, sobretot, en el seu millor amic.

37

El Marc va acollir la infermera dins els seus braços interminables una bona estona durant la qual no van dir res, només volien estar junts i res més. Igual que ella, també temia que, un cop sortissin d'aquell pis i tornessin a la realitat, desaparegués la màgia i ja no el veiés com el company impecable d'aquell viatge fantàstic dalt del Polar Express. La quimera feta realitat de trobar la dona perfecta –que l'acceptés sense condicions– s'esvairia quan acabés adonant-se que només era un individu comú i sense ni un ral. La perdria tan bon punt s'acabessin les festes, ja no necessités una casa on passar el dia de Nadal i la rutina es tornés a imposar.

–Quant trigaràs a cansar-te del mecànic amb pinta de narcotraficant que deixa cabells pertot arreu? No saps com m'ha costat no deixar-ne ni un al lavabo cada vegada que m'he dutxat.

La Nina va riure mentre desfeia l'abraçada per llegir a la cara del porter els mateixos temors que tenia ella. Algun dia li revelaria que n'havia trobat un després de buscar-lo forassenyadament, però no era el moment. S'havia comportat com una assetjadora perquè des del primer minut havia desitjat saber-ho tot d'ell. Li encantava haver descobert que no era enginyer sinó mecànic. Sempre l'havien atreta els homes que saben com arreglar les coses espatllades, els que poden construir i desconstruir objectes que es poden tocar, obrir i saber com funcionen. Una ocupació noble a escala humana en un món cada vegada més ple d'oficis que no entenia, llenguatges abstractes inventats per fer-la sentir estúpida, necessitats que abans no tenia i tecnologies que no podia controlar. A més, detestava els llepafils que no saben embrutar-se ni fer les feines pesades quan convé. Però, en aquells moments, patia exactament la mateixa malaltia angoixant que ell.

–I tu? Encara t'agradaré, demà? Un cop haguem destruït els documents i ja no sigui la infermera misteriosa que tenia una carpeta amb el llegat d'Anastàsia, quant trigaràs a adonar-te que no soc gens especial?

El Marc la va mirar somrient amb falsa perplexitat.

–Especial? Treus la llet pel nas, gairebé em vas vomitar damunt i porto l'anorac ple dels teus mocs –va bromejar, i va puntualitzar–: Només et salva que ets clavada a la Liz Taylor. Creus que seràs capaç de comportar-te com cal a casa dels meus pares?

La Nina va tornar a riure amb la descripció tan fidedigna de la seva reiterada falta de decòrum durant aquella breu coneixença mentre el mirava amb ulls vidriosos. Estava a punt de plorar, com havia fet diverses vegades al llit.

–Sempre he somiat trobar un home com tu, sempre.

–Sempre has somiat trobar un imbècil, arrogant i malparit com jo? –li va preguntar aixecant les celles.

–Vaja, ja sabia que m'havia descuidat un adjectiu –va constatar la infermera amb la mateixa ironia–. També ets un rancuniós.

El Marc li va tapar la boca amb la seva, com havia fabulat tantes vegades; per fi tenia permís per fer-ho sempre que volgués en públic o en privat. Aquella sola idea el tornava molt impacient. La va besar una estona sense poder mantenir les mans quietes i de seguida li va descordar els texans. Va posar els dits entre les seves cames i ella li va pregar que continués perquè volia tornar a arribar al final; sentir-lo respirar fort, rendir-se, els seus laments masculins.

–No siguis considerat –el va provocar tremolant de desig. Mai no havia tingut aquelles addiccions, o no havia trobat l'home apropiat.

El porter estava a punt de col·locar-la contra el taulell de marbre per consumar-la des de darrere, però l'hi va impedir el seu ímpetu verbal.

–T'estimo, t'estimo –va manifestar durant l'ansiosa escomesa.

Per tant, en comptes de girar-la d'esquena per penetrar-la, va acabar fent-ho per ocultar el rostre entre els seus cabells.

–Jo també t'estimo –va assegurar la Nina aprofitant aquella breu clandestinitat.

Era el que sentien, però ja havien estat prou imprudents. Inclús ells trobaven massa arriscat haver-ho dit en veu alta tan aviat. Es van separar a tota velocitat per cordar-se els pantalons com si no hagués passat res i retrocedir fins al moment que havien decidit complir la promesa feta al senyor Armengol. Podien esperar deu minuts a tornar a entregar-se als instints, fingint, de moment, que no s'havien dit que s'estimaven. Primer calia que fessin la segona cosa que els havia dut a casa de la Mercè, a part de trobar-se l'un a l'altre.

El porter es va treure un tros de paper de la butxaca mentre tots dos recuperaven la compostura.

–He escrit els seus noms.

La Nina va agafar la nota corpresa.

–Has fet... què? –va dir, atordida després tantes convulsions, mentre observava aquella llista encapçalada pels Romanov.

En quinze hores s'havien ficat dins les seves sabates –tant se val si basant-se en certeses o en suposicions– i no s'hi caminava gens bé. Adorats o detestats, fills d'un temps cruel i d'una educació danyosa, envoltats de malediccions i falsos messies, sempre encotillats, espiats i jutjats. No havien tingut l'oportunitat de demostrar qui eren en realitat o com haurien pogut ser. Però gràcies a aquella lliçó ells tindrien una segona oportunitat.

Van anar al menjador i la Nina va agafar la safata més grossa de la col·lecció de peces d'argent, que, aquella tarda, brillava com la lluna dins un cove. Podien haver buscat algun indret simbòlic o un bell paisatge, però cap no seria tan meravellós i únic com aquell pis del carrer Còrsega amb la millor companyia. Va treure la fotografia, la carta i els dos fulls de la carpeta que havia acaronat tantes vegades. Després, la fotocòpia que el senyor Armengol duia a l'abric i que ella havia dut a la bossa en tot moment, emulant-lo. Els va posar dins aquell mar platejat, entre els canelobres i el centre d'advent.

–Els podem dir mentalment –va proposar ell per pudor.

–No, en veu alta –va decretar la infermera, somrient perquè ja no se sentia atrapada per tots aquells fantasmes sinó honorada per ells.

–D'acord.

Van agafar el tros de paper entre tots dos i es van donar la mà per llegir cada nom pausadament:

–Anastàsia Romanova, Nicolau Romanov, Alexandra Romanova, Olga Romanova, Tatiana Romanova, Maria Romanova, Dmitri Voroviov, Alexei Romanov, Ievgueni Botkin, Anna Demidova, Ivan Kharitonov, Alexei Trupp.

Finalment, la infermera va parlar en present a aquell vell que sempre hi seria:

–Mai no l'oblidaré, però ara ja pot anar tranquil –li va assegurar, i va repetir el jurament que li havia fet a cau d'orella–: Vagi tranquil.

No tenia tacte als dits per encendre el llumí. Estava convençuda del que havia de fer però li mancava el valor per encendre els papers.

–Ho pots fer tu?

–És clar.

Li havia donat la capsa al porter però la va recuperar de les seves mans. Havia tingut una última revelació.

–No, no... Vaig ser jo qui va acceptar l'encàrrec!

Ho havia de fer ella sense vacil·lacions, tal com havia promès, perquè allò no era un final sinó el final d'un principi i així estava escrit. Fora condemnes de tristesa i culpa permanent, adeu insomni per sempre.

Mentre observaven les petites flames blanques que semblaven un ocell desplegant les ales, el Marc va treure una cosa que havia deixat dins un calaix de la cuina.

–És una sorpresa per a tu –va anunciar.

L'havia guardada amb zel esperant aquell moment que havia pregat perquè arribés i ella fos seva com a conclusió d'un dia insuperable.

–No pot ser... –va balbucejar la infermera.

No es podia creure que tingués davant la fotografia que li havia caigut al Walden mentre fugia esperitada sense haver pogut observar-la amb deteniment. Hi eren tots tres, i la gran duquessa somreia amb un aire enigmàtic de Monna Lisa, com si finalment hagués trobat les respostes. No suposava cap risc, perquè aquella imatge no demostrava res ni tenia valor per si sola, només el que tenia per a ells.

–Gràcies, Marc! Gràcies!

–Bon Nadal, amor meu. Gràcies a tu.

La Nina va abraçar-lo novament amb una força prodigiosa mentre recordava un magnífic refrany rus que diu «No tinc cent rubles però tinc cent amics». En realitat, n'hi ha prou amb un.

38

Alguns veïns del Walden s'havien conjurat perquè aquell ancià no passés sol el dia de Nadal, i havien decidit que els seus amfitrions fossin una parella de mitjana edat que no havia de rebre família. Per dinar a casa del matrimoni Carrizosa, es va posar les seves millors gales. Havia tingut una certa coqueteria quan era jove, i guardava –entre altres centenars de coses– un mocador de coll de cavaller que s'havia comprat als magatzems Capitolio del carrer Pelai –anomenats Almacenes Alemanes fins al final de la Segona Guerra Mundial–, dels quals en recordava l'eslògan «La casa que vende más barato de Barcelona». Era un mocador estampat de seda, i encara se'l sabia lligar com si fos un d'aquells *flâneurs** de l'efervescent Barcelona del segle XIX. El Benet Pujol havia perdut els pares i la germana durant l'epidèmia de tifus de 1941, i anys més tard se li va morir la dona quan tot just acabaven de celebrar les esposalles. Ja no havia volgut tornar-se a casar ni tenir descendència, en vista de la seva insistent proximitat amb la mort. En contrapartida, aquesta l'havia fet sobreviure molts més anys dels que hauria desitjat. Davant una contraprestació tan irònica –que era més aviat una maledicció–, havia decidit no perdre mai el bon humor. Aquella havia estat la seva victòria més pírrica i, després, ho havia estat la seva capa-

* Passejants dels bulevards de París. Baudelaire va utilitzar aquesta paraula per caracteritzar l'artista apassionat i independent en la ciutat moderna.

citat de seguir confiant en la gent. No era fàcil creure en res, però la seva amistat amb el Carles Armengol en plena senectut i gestos com el dels Carrizosa refermaven la seva convicció que ningú no està sol. Durant més de vuitanta anys havia constatat que, mentre existeixin al món persones disposades a obrir el seu cor, hi haurà un nou afecte potencial esperant-nos en algun lloc. Que els camins s'arribin a creuar només és qüestió de no perdre mai la fe i d'estar preparat –amb els cinc sentits en alerta– per no deixar escapar l'oportunitat.

Després d'un dinar de festa molt llaminer i abundant, va tornar al seu pis amb l'excusa de fer una becaina. En realitat, volia repetir la cerimònia que durant els darrers set anys –els mateixos que havien estat veïns al Walden– havia compartit amb el seu bon amic durant la sobretaula del dia de Nadal. Havia tingut la previsió d'agafar aquell full de paper de la prestatgeria del difunt quan el Marc estava ocupat buscant la cistella del gat i se l'havia guardat a la butxaca. El senyor Armengol havia mantingut ben amagats tant les fotografies com la resta de documents, i cada 25 de desembre s'havia delectat amb aquells mots en francès en companyia del Benet. Ara ell seguiria la tradició d'homenatjar la minyona estrangera que havia criat el seu veí, i que havia escrit una mena de testament immaterial en agraïment a les persones i la ciutat que l'havien acollit.

Va desplegar lentament el paper, que tenia secs molt profunds pel pas del temps, i el va col·locar sobre la taula del seu menjador. No havia estat mai un gran lector ni gens amant de la poesia, però volia fer-li un darrer honor a un individu que havia estimat les paraules i la bellesa per sobre de tot. Abans de llegir el contingut del full, es va acomiadar d'aquell vell tan elegant i somiador amb un brindis d'antics combatents. Va per tu, camarada!

M'encanta Barcelona i, en especial, l'alegre zona de les Rambles on visc amb els Armengol, i el barri Gòtic amb la catedral, on m'afiguro aventures de cavallers. És una ciutat feta de petites ciutats on et pots sentir en una vila i alhora en una gran metròpoli. També adoro els carrers de l'Eixample, on cada edifici sembla que tingui un follet dins. No n'hi ha dos d'iguals, i només cal mirar enlaire per viatjar a un món fantàstic. Són una successió d'extravagàncies que, curiosament, formen un tot harmoniós i equilibrat. El cel té tants colors que, quan xoca amb el mar, els focs artificials es veuen des dels quatre punts cardinals. Encara que fa temps que hi visc, cada dia és una mica diferent de l'anterior. Algunes coses segueixen sempre igual, mentre que d'altres canvien completament amb la llum i les estacions. Tot és molt modern i, en canvi, traspua tradició. Les persones són gentils, organitzades i treballadores, i em fan pensar en la millor gent de la meva infantesa. M'havia enamorat d'altres ciutats, però l'entusiasme inicial anava perdent intensitat a mesura que corrien els dies i em tornaven a atrapar els records més temibles. Però no em canso de Barcelona i ja no em podria conformar amb cap altre lloc, perquè aquí, per primera vegada, és la ciutat qui s'ha enamorat de mi. Quan s'enamora de tu, estàs perduda, perquè t'abraça tan fort que gairebé no pots respirar, i la seva bellesa et crema els ulls mirada a tocar. El seu cor es fon amb el teu, formant un aliatge impossible de separar. Aquí hi descansa en Dmitri, i aquí hi he trobat una nova família. Per fi em sento en pau, i jo també vull morir en aquesta ciutat. Tan lluny de casa, tan a prop en realitat. Mentre hi passejo, sempre penso en els meus pares i els meus germans i em repeteixo, molt contenta, que algun dia ens tornarem a reunir tots, i aquesta vegada serà per sempre.

A. N. R.

39

Tan sols havien passat cinc dies, però aquella olor d'edifici vell que tant li agradava només li va semblar un record llunyà. Era com si tot allò formés part d'una vida anterior remota, el temps real havia perdut completament la batalla contra el temps subjectiu. Va trucar al timbre per precaució, malgrat que tenia la clau a les mans i que durant la breu conversa telefònica la Blanca li havia assegurat que seria a Andorra fins passat Cap d'Any. A pesar d'això, la dona va obrir de seguida, com si hagués estat esperant-lo darrere la porta amb la seva cabellera rossa impactant, el cutis de seda i el vestuari de decàleg de moda. Feia aquella cara de menyspreu permanent, però no va dir res quan el seu marit va creuar el llindar per anar de dret a agafar els seus documents, que sempre eren dins el petit xifonier del rebedor. Ella mateixa havia convertit un trasto vell d'un mercat ambulant en una delicadesa. Feia uns mesos també havia renovat l'empaperat, per al qual havia escollit un endamascat exquisit, i el Marc es va adonar, una vegada més, que les seves mans de mecànic mai no combinarien ni amb aquell paper ni amb el xifonier restaurat.

–Agafo el que he vingut a buscar i marxo.

Recolliria les pertinences que li quedaven un altre dia, perquè el vol a Estocolm sortia aquell vespre i en mitja hora havia de recollir la infermera al seu pis del Raval per marxar a l'aeroport.

–He posat la teva roba en bosses i la resta en caixes, són a l'habitació de planxar –va detallar ella amb flegma.

Havia conduït dos-cents quilòmetres per fer-li una única pregunta i tornar a Ordino amb els amics. Mentre l'esperava, havia empaquetat totes les seves coses per mitigar l'ansietat. No volia mostrar el més mínim símptoma de penediment després del que li havien explicat.

El Marc va obrir l'armariet per enllestir ràpid. Potser ella no havia pensat a posar la seva documentació dins les caixes i no li caldria remenar-ho tot.

–Tanta superioritat moral i tu també tenies recanvi. Des de quan? –va preguntar amb els llavis serrats.

Estava plena de ràbia continguda, sobretot amb si mateixa per no haver sospitat res, i se sentia amb dret a saber-ho.

–No vull discutir, Blanca –li va pregar mentre es posava el passaport, la targeta sanitària i el carnet de conduir dins la cartera. Mai no portava la documentació al damunt, igual que el molestava l'anell de casat per treballar i qualsevol altre accessori que no fos el rellotge.

–Des de quan? –va repetir la dona alçant la veu i plantada davant la porta per evitar que marxés sense contestar. Inclús li havia agafat el braç amb violència un instant–. Com vas tenir la cara de portar-la a casa dels teus pares per Nadal? No tens respecte per res?

Encara no havia digerit la humiliació que la seva família i totes les amistats de Reus ja sabessin que el seu marit –perquè encara ho era– havia assegut l'amant a la taula dels Bacardit i s'havien menjat els galets tots junts com si res.

–Comprenc que et sigui difícil de creure, però jo no t'havia estat mai infidel –va manifestar mirant-la de fit a fit amb una rara compassió.

–És clar, la vas conèixer el dia abans de Nadal! –va ironitzar ella a ple pulmó. Després d'haver desitjat quedar lliure durant tant de temps, estava inconsolable i malalta de gelosia.

La mirada transparent del Marc li va donar la resposta que es negava a acceptar. Malgrat tot, sabia que estava dient la veritat, i aquell era el motiu pel qual ella no havia pogut posar fi a un matrimoni desastrós. El seu marit no en sabia, de mentir, i quan besava sempre ho feia com si li anés la vida. No tenia dues classes diferents de petons, una d'apassionada com a preludi del sexe i una altra de tràmit per acomiadar-se abans de marxar a treballar. Sempre besava com si estigués a punt de fer-te l'amor ferotgement. Podia gaudir de les coses més simples amb una intensitat corprenedora, com un bon plat d'escudella o una tarda jugant a cartes amb els seus germans, però la Blanca necessitava fer grans coses, una mena d'existència que ell no li podia donar i que tampoc no ambicionava.

–Què els vas dir als teus pares? –va preguntar, amb l'única preocupació de saber com havia quedat ella.

El Marc no li va donar resposta perquè, en realitat, no havia calgut dir res. Sabien que no era un eixelebrat que es presentaria amb una dona nova per Nadal sense tenir-ho perfectament clar i l'havien vist content com mai abans. Eren gent carinyosa però de poques paraules, encara més quan les preguntes sobraven. Les raons eren en els somriures pletòrics del seu fill.

–No ho vaig fer amb intenció de ferir-te, Blanca –va manifestar mirant dins els seus ulls plens de còlera, que, de sobte, es van tornar vidriosos. Ella no tenia ni idea de com interpretar aquell inesperat to conciliador, i finalment va arrencar en plors pel desconcert i la tristesa que ja no podia contenir.

–Com hem acabat, Marc...

–Tant de bo em puguis perdonar –li va pregar ell, desmuntat per les seves llàgrimes.

–Per... què? –va preguntar entre sanglots.

–Jo també t'he enganyat, encara que no sigui físicament

–va admetre, citant les paraules tan certes de la infermera sobre l'estafa de no estimar prou–. Perquè mai no t'ho he donat tot.

La dona va provar de calmar-se per orgull, mentre la seva ràbia s'anava esvaint alhora que se li relaxava el rostre. No era la reacció que esperava i no tenia armes per combatre-la. De sobte, s'havia aturat l'espiral de retrets muts o explícits que s'havien fet l'un a l'altre durant anys.

–Jo també ho sento –va pronunciar recuperant l'enteresa i la veu.

Havia estat tan fàcil demanar perdó.

–Espero que siguis molt feliç, Blanca –li va desitjar fent-li un petó al pòmul que ella va rebre buscant la seva boca desesperadament. Però ell es va apartar i la va abraçar amb tendresa un moment per no humiliar-la i donar-li els segons que necessitava per recuperar-se. Era molt orgullosa i es penediria d'haver flaquejat. Havia passat d'odiar-lo a enyorar-lo en qüestió de minuts; li costava deixar-lo marxar, però era el final i ho sabia. El seu marit s'havia enamorat d'una altra dona mentre ella només jugava a ser-li infidel per despit i immaduresa, per l'avorriment de no haver-se hagut de guanyar mai res.

Li havia costat tant dissimular l'eufòria davant la Blanca que va baixar els esglaons saltant-los de tres en tres, com un adolescent, per descomprimir-se el pit. S'havia tret un pes de sobre immens en demanar-li perdó a la seva esposa, i havia pogut tancar una etapa sense amargor ni ressentiment pels anys perduts. N'havia après molt, d'aquell matrimoni, i ja era capaç d'assumir la seva part de culpa. Li havia donat molt poc comparat amb el que li havia donat a la infermera només en cinc dies, tant en el sentit més íntim com des del punt de vista pràctic. Des que havia coincidit amb una furtiva com ell buscant un pis franc on passar la nit, l'hi havia donat tot. Detestava les mentides, però amb ella no havia parat de mentir. Havia perdut el cap per primera vegada i havia descobert que les persones enamorades fan coses impròpies del seu caràcter, com aquell canvi paradoxal en la seva forma de procedir descarnadament sincera. Hauria d'estar penedit d'haver-li mentit reiteradament, però no ho estava. Qui podia resistir-se a uns ulls violeta amb la mateixa llum divina d'aquella adolescent russa dels retrats oficials? Qui no intentaria mantenir aquelles bellíssimes mirades càndides sempre allunyades de les calamitats del món? Repetiria exactament cada instant compartit amb ella, perquè eren perfectes i li havien ensenyat què se sentia en assolir la plenitud absoluta, un estat de gràcia desconegut per ell fins llavors.

40

Va sortir del seu pis del barri Gòtic embrancat en aquells pensaments d'home immensament afortunat, i mentre corria a buscar la seva estimada va rememorar el tercer pecat d'amor que havia comès després d'haver-li dit que era nebot de la Mercè i, poc després, que era enginyer. La primera mentida havia estat fruit d'una necessitat relativa. No tenia permís per passar la nit en aquell pis, però no obstant això podria haver escollit alguna altra excusa que no impliqués ocultar que era el porter de l'edifici, com ara que havia entrat perquè havia sentit un soroll sospitós o perquè havia de regar les plantes, com feia sempre que la Mercè s'absentava. La segona mentida havia estat del tot gratuïta, i només guiada per unes ganes inconscients de mantenir-la interessada. Però la tercera mentida, que encara no li havia confessat, era la culminació d'aquella trilogia de foll enamorat disposat a qualsevol cosa, i convertia les dues anteriors en una nimietat.

Va retrocedir mentalment fins a les 11.05 hores del dia 24 de desembre. Exactament en aquell moment, cinc dies endarrere, estava assegut a la seva moto davant la monumental Casa Fuster i la Nina acabava de marxar amb el seu cosí a l'interior de l'hotel per obtenir el peritatge de la foto i el dibuix. Després, ell havia aparcat la moto a pocs metres i havia segut en un banc proper del passeig, just davant els esplèndids finestrals del Cafè Vienès de l'hotel. De sobte, havia tingut una il·luminació en adonar-se que havia buscat informació sobre els Romanov amb avidesa i també sobre el Carles Armengol –sense èxit en aquest darrer cas–, però no se li havia acudit fer cap recerca sobre el seu pare. Havia cregut, erròniament, que un fuster de les drassanes que devia haver nascut a finals del segle XIX no tindria cap entrada a internet. Però, empès per una sospita sobtada en el moment decisiu, havia googlejat nom i cognom al seu mòbil per si es tractava d'un pressupòsit erroni. No havia trigat ni un minut a descobrir un empresari tèxtil i filantrop de nom Delfí i cognom Armengol nascut, precisament, a Sant Just Desvern. Era un col·leccionista de fotografies apassionat per la història de la industrialització catalana. L'any 1935 va publicar un informe titulat *Les indianes i l'aiguardent: des de Londres fins a Sant Petersburg*, que versava sobre la importància combinada de la manufactura d'indianes i aiguardent durant el segle XVIII en el procés d'industrialització de Catalunya i la seva expansió comercial cap al mercat espanyol i europeu. Les primeres fàbriques d'indianes –teixits de cotó amb motius indis estampats– es van instal·lar a Barcelona a la primera meitat del segle, i fins al 1800 en va ser el principal centre de producció del continent, mentre la fabricació s'estenia a altres punts de Catalunya. Aquestes noves teles, que van desbancar la tradicional llana, s'enviaven majoritàriament al mercat colonial, però també a les illes Britàniques i als països del nord d'Europa. Durant el darrer quart de segle una casa comercial barcelonina va obrir una delegació a Sant Petersburg per vendre tant indianes com productes vitivinícoles en un país amb el qual ja hi havia vincles mercantils anteriors.

Per fortuna, abans no fos massa tard tot havia començat a encaixar dins el seu cap. Aquell podia ser l'origen de l'obsessió del senyor Armengol per la dinastia Romanov i, concretament, per la figura d'Anastàsia. Era massa coincidència que un individu anomenat Delfí Armengol fos natural de Sant Just Desvern i hagués escrit un tractat que detallava, entre d'altres, les importants relacions comercials entre Rússia i Catalunya sorgides a partir de l'exportació d'indianes. El seu fill devia haver crescut en un entorn culte i emprenedor, envoltat de llibres, documents, dades i material gràfic de terres llunyanes. Què podia ser més fascinant per a un nen i, més tard, per a un home solitari amb una ment lúcida però afectat per algun trastorn que la tràgica història dels darrers tsars de la gran Rússia imperial? Per la posició i les relacions que devia tenir la seva família, no era forassenyat que realment l'hagués criat una jove russa o que hagués mantingut una relació estreta amb alguna dama d'aquelles latituds que l'hauria inspirat per fabular la seva història. Les possibilitats eren infinites, i ja mai no en podria treure l'entrellat.

Recordava haver-se passat el palmell de les mans per les cames repetidament en un gest nerviós, com solia fer abans que li comencés a sortir barba i aprengués a engolir les decepcions sense ni parpellejar. Tenia les llàgrimes acumulades a la gola. La Nina necessitava que els documents fossin autèntics, i no es mereixia l'engany d'un impostor tan brillant. Inclús ell havia començat a voler-s'ho creure, seduït per l'obstinació de la dona. No es podia imaginar com se sentiria, convençuda com estava de l'honradesa del vell que havia ajudat a morir. Aquell conte proverbial, que posava en ordre l'univers, en pocs minuts es transformaria en una sensació de ridícul i indignació només atenuades pel fet que el desencant superaria àmpliament la revolta. Un altre bany de realitat davant la falta d'un propòsit per a cada cosa. La primera mirada que havia creuat amb ella havia estat com contemplar una pluja d'estels deslluïda per la resignació. La infermera s'havia guanyat una treva, i ell tenia la manera d'aconseguir-la.

La majoria de la gent no pot ni sospitar la quantitat de coses que es descobreixen quan s'entra en l'àmbit privat de les persones per una emergència de lampisteria. Immediatament, va agafar el mòbil i va trucar al darrer telèfon que li havia quedat gravat al registre. Tenia pressa i es va estalviar les salutacions. El dilema moral li havia durat tan poc com el temps que havia trigat a quedar captivat per una vagabunda provisional.

–On és la teva cosina?

Quan havia vist aquell número, l'arxivista havia tingut un mal pressentiment i s'havia aixecat de la butaca de vellut color malva del Cafè Vienès amb la fotografia i el dibuix als dits. Les instruccions per a la Nina havien estat molt clares. No podia parlar amb l'expert directament ni mostrar-li el material que havia tret de la carpeta abans d'entrar al cafè. Se n'encarregaria ell un cop fetes les presentacions i després de la seva arenga introductòria, perquè el cal·lígraf era un individu molt escrupolós reticent als dictàmens fora del seu santuari laboral.

–La Nina és a dins amb els meus amics.

–I tu?

–He sortit al vestíbul.

S'havia situat just davant la vitrina amb l'exposició de joies de luxe.

–Li ha ensenyat la fotografia i el dibuix al pèrit?

–Encara no, ho tinc jo a les mans.

El Marc va expulsar de cop tot l'aire que havia retingut als pulmons mentre l'arxivista encara contenia la respiració, preguntant-se on aniria a parar aquell interrogatori. Li va resoldre els dubtes de seguida:

–Procura que el teu amic digui que tot és autèntic.

–Tu de què vas? –va preguntar en Pep, escanyat.

–De debò vols jugar a aquest joc amb mi?

La pausa va ser molt llarga mentre l'interlocutor prenia consciència de la seva catastròfica falta d'opcions. Només li quedava el recurs de maleir-lo en veu alta. Si el seu amant l'hagués avisat que tenia una fuita d'aigua al bany dels convidats, no hi hauria entrat per error mentre l'operari encara hi treballava. Havien passat un parell de mesos, però era evident que el Marc no havia oblidat el seu rostre després que, amb l'ensurt i les rajoles de terra mullades, li hagués caigut despullat al damunt.

–Tu qui ets, fill de puta? Un macarra? Un xantatgista? –es va regirar inútilment com a víctima d'una extorsió repugnant.

–Estàs perdent el temps i has dit que el pèrit ha de marxar a dos quarts de dotze –li va recordar.

–Em deixaràs tranquil?

–Tranquil·líssim, m'importen molt poc els teus gustos.

–Té fills i la dona malalta –va suplicar el Pep en nom del destacat polític amb el qual mantenia molt més que una relació física.

–Doncs espavila't –li va aconsellar sense vacil·lar, però li va fer un jurament–. I no caldrà que en tornem a parlar mai més.

Havia penjat el telèfon i havia estirat les cames, banyat pel sol que espetegava al banc de fusta del carrer Gran de Gràcia. Per un moment, havia pensat que aquell clima privilegiat dels desembres mediterranis era el que a Sant Petersburg devien anomenar primavera. Que el senyor Armengol fos un impostor o una víctima dels capricis de la història sempre li havia semblat irrellevant perquè, en qualsevol cas, els papers que ocultava havien de ser destruïts. Si resultaven un artifici, per raons humanitàries. Si resultaven certs, per una missió secreta redimidora. Sens dubte, hauria estat un fet extraordinari que Anastàsia hagués acabat els seus dies a Barcelona, però encara era més extraordinari el meravellós efecte papallona que la vida de sa altesa imperial havia provocat en les seves. La cua de cometa de la gran duquessa continuava sent fulgurant un segle més tard i a tres mil quilòmetres de distància. En unes hores, s'acomiadaria de la Nina Romeu per agafar un tren a Reus, i si ja no quedaven més trens la vigília de Nadal, marxaria amb la moto del seu amic. No tornaria a veure-la mai més. Tenia previst deixar la porteria i buscar-se feina a la seva ciutat. Però, abans de desaparèixer, havia volgut fer-li un regal de Nadal a l'altura d'un dia insòlit en què les situacions impossibles i les casualitats impensables havien passat a ser la normalitat. Preferia mil vegades veure-la turmentada per la suposada transcendència d'aquells documents que sense la seva retrobada i magnífica ingenuïtat. Havia pensat que sempre podria, si mai la sabia recuperada i feliç –potser vivint un gran romanç, com la seva germana–, escriure-li una carta a la manera antiga o un missatge explicant-li la veritat. Quan la veritat fos tan innòcua com una anècdota curiosa i inclús graciosa del passat.

Després d'haver-se reconciliat amb la Blanca i amb si mateix, tenia tota una vida per endavant que prometia ser meravellosa. Mentre travessava la plaça de la catedral de camí al carrer Elisabets, anava somrient i gairebé parlava sol fent plans de futur. Havia arribat el moment de confessar-li la veritat a la infermera, ara que ja la sabia recuperada i feliç, vivint un gran romanç amb ell que la portava a poder dormir vuit hores seguides cada dia! Va decidir que l'hi explicaria durant la nit de Cap d'Any que passarien a la Lapònia sueca amb la seva germana i el marit. Esperava tenir encara una mica més de sort i fer-ho sota un firmament tenyit de colors resplendents per les llums del nord, les mateixes aurores boreals que es poden veure des de Carèlia fins a Ekaterinburg. Aquella màgica circumstància, una vegada més, neutralitzaria qualsevol possible enuig de la Nina i, a continuació, la besaria amb tanta entrega que no li quedarien recursos per discutir-li el seu peculiar regal de Nadal. Estaven fets l'un per a l'altre, estava escrit al cel des dels temps immemorials dels poderosos tsars.